U0029686

人間失格　又怎樣？

HUMAN LOST
手帳日記

HOW TO USE THE
Human Lost 365 Days Notebook

今年の目標 / MY DREAM

理財 存款突破四位數

映画リスト / MOVIE LIST

作品名稱	日期	地點	
大國民 Citizen Kane	2020. 3 . 8	家裡	
在家裡重溫大國民，富貴繁華到盡頭，也只是想找回童年的純真快樂。人活著到底有什麼意義？我沒崩潰真是太厲害了。			9.5/10
作品名稱	日期 . .	地點	
			/10
作品名稱	日期 . .	地點	
			/10

本リスト / BOOK LIST

書名	作者	日期	
人間失格	太宰治	2020. 6 . 19	
在太宰治生誕這天看《人間失格》是最棒的選擇了。我竟然還活著，我好棒。			9.7/10
書名	作者	日期 . .	
			/10

正向感動

我懷抱著滿心期望，焦急地等待幸福的腳步聲在走廊響起，終究還是落空。
啊啊，人類的生活，實在是太悲慘了。

日期 2020．10．26	航空公司 獅航	航班 TI254
機型	出發地 TPE	目的地 SDJ
艙等／座位 5A	航廈／登機門 T2	氣候 陰天
預計／實際起飛時間 1435 / 1442	預計／實際降落時間 1845 / 1856	

一個人去日本青森，
逛逛「斜陽館」。
秋天去日本東北最舒適了。

今年の目標 / MY DREAM

寫下自己的目標，但要付出行動，才有可能達成目標。

學習

工作

理財

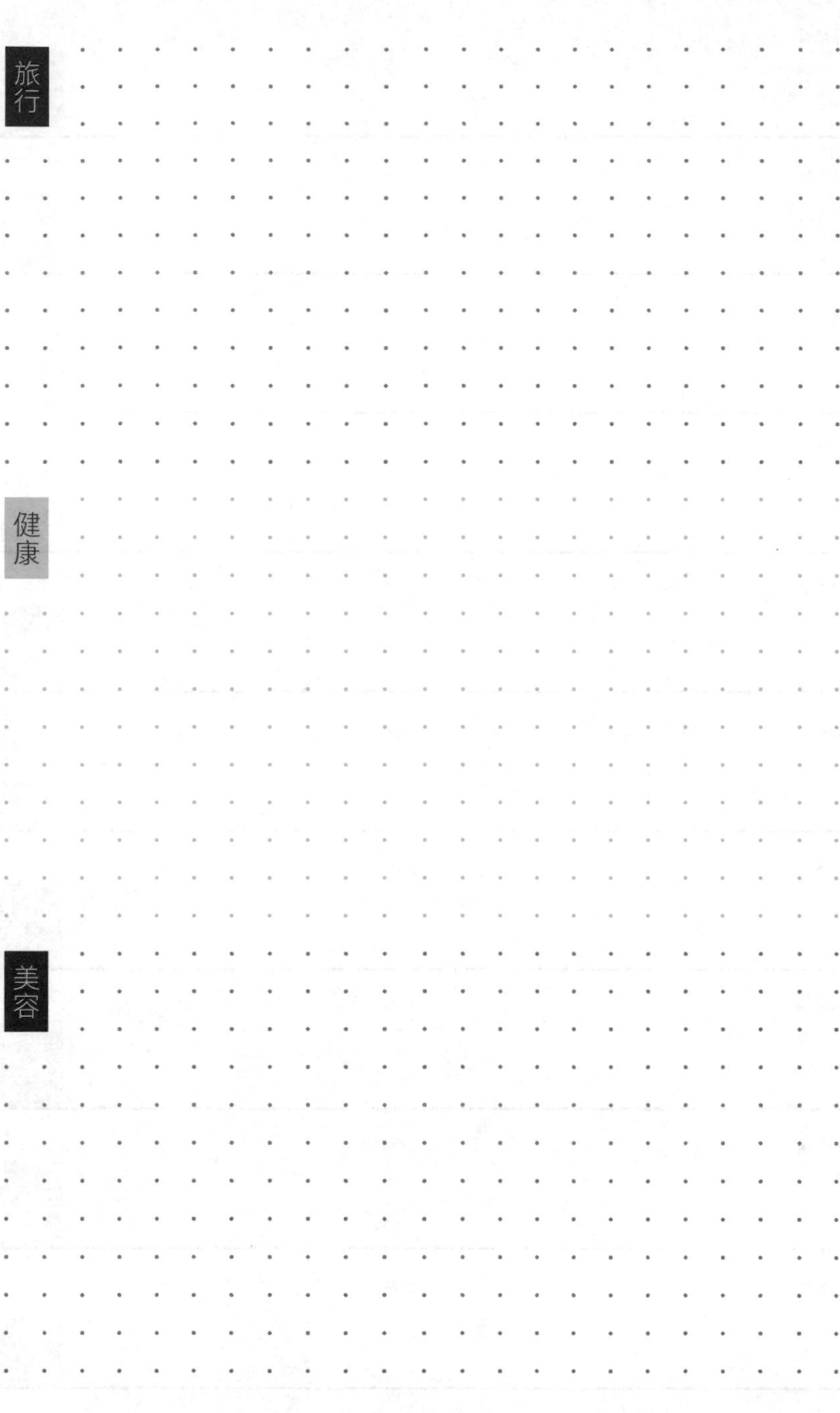
旅行
健康
美容

寫下今年看的電影，並且記錄觀影感想。什麼？沒人約你？一個人欣賞電影更愉快。

作品名稱 日期 . . 地點
/10

作品名稱 日期 . . 地點
/10

作品名稱 日期 . . 地點
/10

作品名稱 日期 . . 地點
/10

作品名稱 日期 . . 地點
/10

作品名稱 日期 . . 地點
/10

作品名稱 日期 . . 地點
/10

作品名稱 日期 . . 地點
/10

作品名稱 日期 . . 地點
/10

作品名稱 日期 . . 地點
/10

作品名稱 日期 . . 地點

/10

作品名稱 日期 . . 地點

/10

作品名稱 日期 . . 地點

/10

作品名稱 日期 . . 地點

/10

作品名稱 日期 . . 地點

/10

作品名稱 日期 . . 地點

/10

作品名稱 日期 . . 地點

/10

作品名稱 日期 . . 地點

/10

作品名稱 日期 . . 地點

/10

作品名稱 日期 . . 地點

/10

寫下今年閱讀的書籍與感想。你沒有朋友？書就是你最好的朋友。

書名 作者 日期 . .

/10

書名 作者 日期 . .

/10

書名 作者 日期 . .

/10

書名 作者 日期 . .

/10

書名 作者 日期 . .

/10

書名 作者 日期 . .

/10

書名 作者 日期 . .

/10

書名 作者 日期 . .

/10

書名 作者 日期 . .

/10

書名 作者 日期 . .

/10

書名 作者 日期 . .

/10

書名 作者 日期 . .

/10

書名 作者 日期 . .

/10

書名 作者 日期 . .

/10

書名 作者 日期 . .

/10

書名 作者 日期 . .

/10

書名 作者 日期 . .

/10

書名 作者 日期 . .

/10

書名 作者 日期 . .

/10

書名 作者 日期 . .

/10

寫下令你感動或是能激勵你的句子。

正向感動

負面激勵

日期 . .	航空公司	航班
機型	出發地	目的地
艙等 / 座位	航廈 / 登機門	氣候
預計 / 實際起飛時間 /	預計 / 實際降落時間 /	

日期 . .	航空公司	航班
機型	出發地	目的地
艙等 / 座位	航廈 / 登機門	氣候
預計 / 實際起飛時間 /	預計 / 實際降落時間 /	

日期　　. .	航空公司	航班
機型	出發地	目的地
艙等 / 座位	航廈 / 登機門	氣候
預計 / 實際起飛時間　/	預計 / 實際降落時間　/	

日期　　. .	航空公司	航班
機型	出發地	目的地
艙等 / 座位	航廈 / 登機門	氣候
預計 / 實際起飛時間　/	預計 / 實際降落時間　/	

	1月 Jan	2月 Fab	3月 Mar	4月 Apr	5月 May	6月 Jun
1						
2						
3						
4						
5						
6						
7						
8						
9						
10						
11						
12						
13						
14						
15						
16						
17						
18						
19						
20						
21						
22						
23						
24						
25						
26						
27						
28						
29						
30						
31						

	7月 Jul	8月 Aug	9月 Sep	10月 Oct	11月 Nov	12月 Dec
1						
2						
3						
4						
5						
6						
7						
8						
9						
10						
11						
12						
13						
14						
15						
16						
17						
18						
19						
20						
21						
22						
23						
24						
25						
26						
27						
28						
29						
30						
31						

一 MON	二 TUE	三 WEB	四 THU

五 FRI	六 SAT	日 SUN

JAN

HUMAN LOST

比起被欺騙的人，說謊的那個人，其實更痛苦數十倍。

だまされる人よりも、だます人のほうが、数十倍くるしいさ。

一 MON	二 TUE	三 WEB	四 THU

五 FRI	六 SAT	日 SUN

2

FEB

·

HUMAN LOST

那個人最喜歡做的事，就是讓別人開心。

かれは、人を喜ばせるのが、何よりも好きであった！

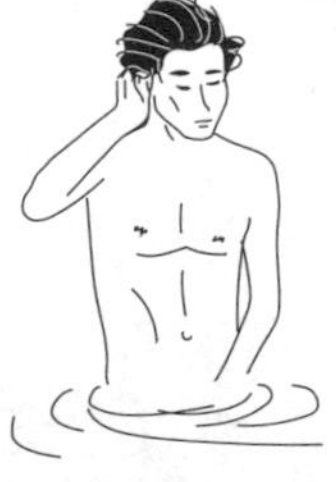

一 MON	二 TUE	三 WEB	四 THU

五 FRI	六 SAT	日 SUN

MAR

·

HUMAN LOST

一 MON	二 TUE	三 WEB	四 THU

五 FRI	六 SAT	日 SUN

4

APR

HUMAN LOST

男人的意志，往往以最可笑的形式表現出來。

男の意志というものは、とかく滑稽な形であらわれがちのものである。

一 MON	二 TUE	三 WEB	四 THU

五 FRI	六 SAT	日 SUN

MAY

HUMAN LOST

單戀，往往是戀愛最極致的形式。

片恋というものこそ常に恋の最高の姿である。

一 MON	二 TUE	三 WEB	四 THU

五 FRI	六 SAT	日 SUN

JUN

HUMAN LOST

喜歡的話，為何不明白告訴對方你喜歡他／她。

好きなら、好きと、なぜ明朗に言えないのか。

一 MON	二 TUE	三 WEB	四 THU

五 FRI	六 SAT	日 SUN

JUL

HUMAN LOST

人只要活著，就一定會做壞事。

とにかくね、生きているのだからね、インチキをやっているに違いないのさ。

一 MON	二 TUE	三 WEB	四 THU

五 FRI	六 SAT	日 SUN

AUG

HUMAN LOST

人在說謊的時候，必定會一臉正經。
人間は、嘘をつく時には、必ずまじめな顔をしているものである。

一 MON	二 TUE	三 WEB	四 THU

五 FRI	六 SAT	日 SUN

SEP

HUMAN LOST

我堅信人類是為了戀愛和革命而出生的。

私は確信したい。人間は恋と革命のために生まれて来たのだ。

一 MON	二 TUE	三 WEB	四 THU

五 FRI	六 SAT	日 SUN

10

OCT

HUMAN LOST

所謂的使壞，不正是溫柔體貼嗎？

不良とは、優しさの事ではないかしら。

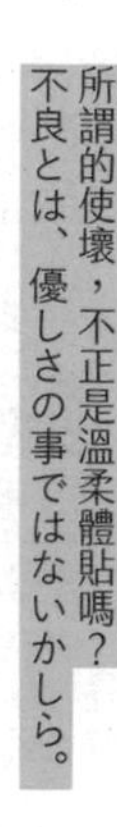

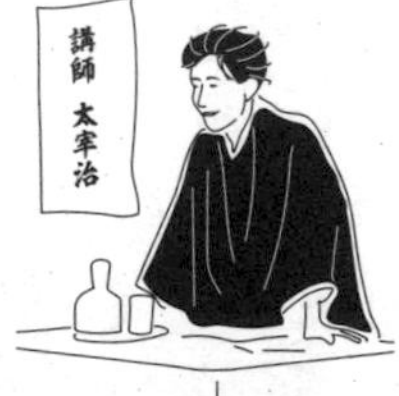

一 MON	二 TUE	三 WEB	四 THU

五 FRI	六 SAT	日 SUN

11

NOV

·

HUMAN LOST

即使「人非人」又如何？只要我們活著就好了。

人非人でもいいじゃないの。私たちは、生きていれさえすればいいのよ。

一 MON	二 TUE	三 WEB	四 THU

五 FRI	六 SAT	日 SUN

12

DEC

HUMAN LOST

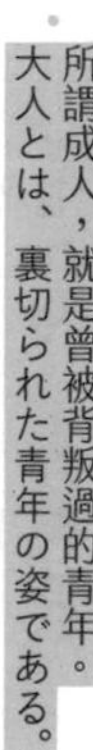

1 2 3 4 5 6 7 8 9 10 11 12 月
一 二 三 四 五 六 日

1 2 3 4 5 6 7 8 9 10 11 12 14 14 15 16 17
18 19 20 21 22 23 24 25 26 27 28 29 30 31 日

生れて、すみません。

1 2 3 4 5 6 7 8 9 10 11 12 月
一 二 三 四 五 六 日

1 2 3 4 5 6 7 8 9 10 11 12 14 14 15 16 17
18 19 20 21 22 23 24 25 26 27 28 29 30 31 日

生而為人，我很抱歉。

1 2 3 4 5 6 7 8 9 10 11 12 月 一 二 三 四 五 六 日

1 2 3 4 5 6 7 8 9 10 11 12 14 14 15 16 17
18 19 20 21 22 23 24 25 26 27 28 29 30 31 日

諸君が、もし恋人と逢って、
逢ったとたんに、恋人がげらげら笑い出し
たら、慶祝である。
必ず、恋人の非礼をとがめてはならぬ。
恋人は、君に逢って、君の完全のたのもし
さを、全身に浴びているのだ。

1 2 3 4 5 6 7 8 9 10 11 12 月
一 二 三 四 五 六 日

1 2 3 4 5 6 7 8 9 10 11 12 14 14 15 16 17
18 19 20 21 22 23 24 25 26 27 28 29 30 31 日

諸位，當你們與戀人見面，

對方在看到你的那一瞬間咯咯笑出來的話，是件值得慶祝的好事。

千萬不要責備戀人的無禮。

對方之所以會這樣笑，是因為他／她當下心裡滿滿都是對你的信賴。

1 2 3 4 5 6 7 8 9 10 11 12 月
一 二 三 四 五 六 日

1 2 3 4 5 6 7 8 9 10 11 12 14 14 15 16 17
18 19 20 21 22 23 24 25 26 27 28 29 30 31 日

富士には、かなわないと思った。
念々と動く自分の愛憎が恥ずかしく、
富士は、やっぱり偉いと思った。
よくやってる、と思った。

1 2 3 4 5 6 7 8 9 10 11 12 月 一 二 三 四 五 六 日

1 2 3 4 5 6 7 8 9 10 11 12 14 14 15 16 17 日 18 19 20 21 22 23 24 25 26 27 28 29 30 31

我果然敵不過富士山。想起自己時刻不斷在轉換的愛憎，我不禁覺得羞恥。富士山果然很偉大！真是太了不起了！

1 2 3 4 5 6 7 8 9 10 11 12 月
一 二 三 四 五 六 日

1 2 3 4 5 6 7 8 9 10 11 12 14 14 15 16 17
18 19 20 21 22 23 24 25 26 27 28 29 30 31 日

だまされる人よりも、だます人のほうが、
数十倍くるしいさ。

1 2 3 4 5 6 7 8 9 10 11 12 月
一 二 三 四 五 六 日

1 2 3 4 5 6 7 8 9 10 11 12 14 14 15 16 17
18 19 20 21 22 23 24 25 26 27 28 29 30 31 日

比起被欺騙的人，說謊的那個人，其實更痛苦數十倍。

1 2 3 4 5 6 7 8 9 10 11 12 月
一 二 三 四 五 六 日

1 2 3 4 5 6 7 8 9 10 11 12 14 14 15 16 17
18 19 20 21 22 23 24 25 26 27 28 29 30 31 日

私には、すべての肉親と離れてしまった事
が一ばん、つらかった。

1 2 3 4 5 6 7 8 9 10 11 12 月
一 二 三 四 五 六 日

1 2 3 4 5 6 7 8 9 10 11 12 14 14 15 16 17
18 19 20 21 22 23 24 25 26 27 28 29 30 31 日

對我而言，跟所有血親分離，是最難過的一件事。

1 2 3 4 5 6 7 8 9 10 11 12 月
一 二 三 四 五 六 日

1 2 3 4 5 6 7 8 9 10 11 12 14 14 15 16 17
18 19 20 21 22 23 24 25 26 27 28 29 30 31 日

ごまかしては、いけないのだ。
好きな人には、一刻も早くいつわらぬ思い
を飾らず打ちあけて置くがよい。
きたない打算は、やめるがよい。
率直な行動には、悔いが無い。
あとは天意におまかせするばかりなのだ。

1 2 3 4 5 6 7 8 9 10 11 12 月
一 二 三 四 五 六 日

1 2 3 4 5 6 7 8 9 10 11 12 14 14 15 16 17
18 19 20 21 22 23 24 25 26 27 28 29 30 31 日

不要掩飾你的感情。
一刻也不要拖延，盡早向喜歡的人表達你最真實的情感吧。
最好放棄那些骯髒的算計。
順從心意行動，你才不會後悔。
接下來的結果，就交給天意吧！

かれは、人を喜ばせるのが、何よりも好きであった！

1 2 3 4 5 6 7 8 9 10 11 12 月
一 二 三 四 五 六 日

1 2 3 4 5 6 7 8 9 10 11 12 14 14 15 16 17
18 19 20 21 22 23 24 25 26 27 28 29 30 31 日

那個人最喜歡做的事，就是讓別人開心。

1 2 3 4 5 6 7 8 9 10 11 12 月
一 二 三 四 五 六 日

1 2 3 4 5 6 7 8 9 10 11 12 14 14 15 16 17
18 19 20 21 22 23 24 25 26 27 28 29 30 31 日

ひとは、恥ずかしくて身の置きところの無くなった思いの時には、こんな無茶な怒りかたをするものである。

1 2 3 4 5 6 7 8 9 10 11 12 月
一 二 三 四 五 六 日

1 2 3 4 5 6 7 8 9 10 11 12 14 14 15 16 17
18 19 20 21 22 23 24 25 26 27 28 29 30 31 日

人只有在覺得極端羞恥、無地自容的時候，
才會表現出如此不可理喻的憤怒。

1 2 3 4 5 6 7 8 9 10 11 12 月
一 二 三 四 五 六 日

1 2 3 4 5 6 7 8 9 10 11 12 14 14 15 16 17
18 19 20 21 22 23 24 25 26 27 28 29 30 31 日

汝を愛し、汝を憎む。

1 2 3 4 5 6 7 8 9 10 11 12 月
一 二 三 四 五 六 日

1 2 3 4 5 6 7 8 9 10 11 12 14 14 15 16 17
18 19 20 21 22 23 24 25 26 27 28 29 30 31 日

吾愛汝，亦憎汝。

1 2 3 4 5 6 7 8 9 10 11 12 月
一 二 三 四 五 六 日

1 2 3 4 5 6 7 8 9 10 11 12 14 14 15 16 17
18 19 20 21 22 23 24 25 26 27 28 29 30 31 日

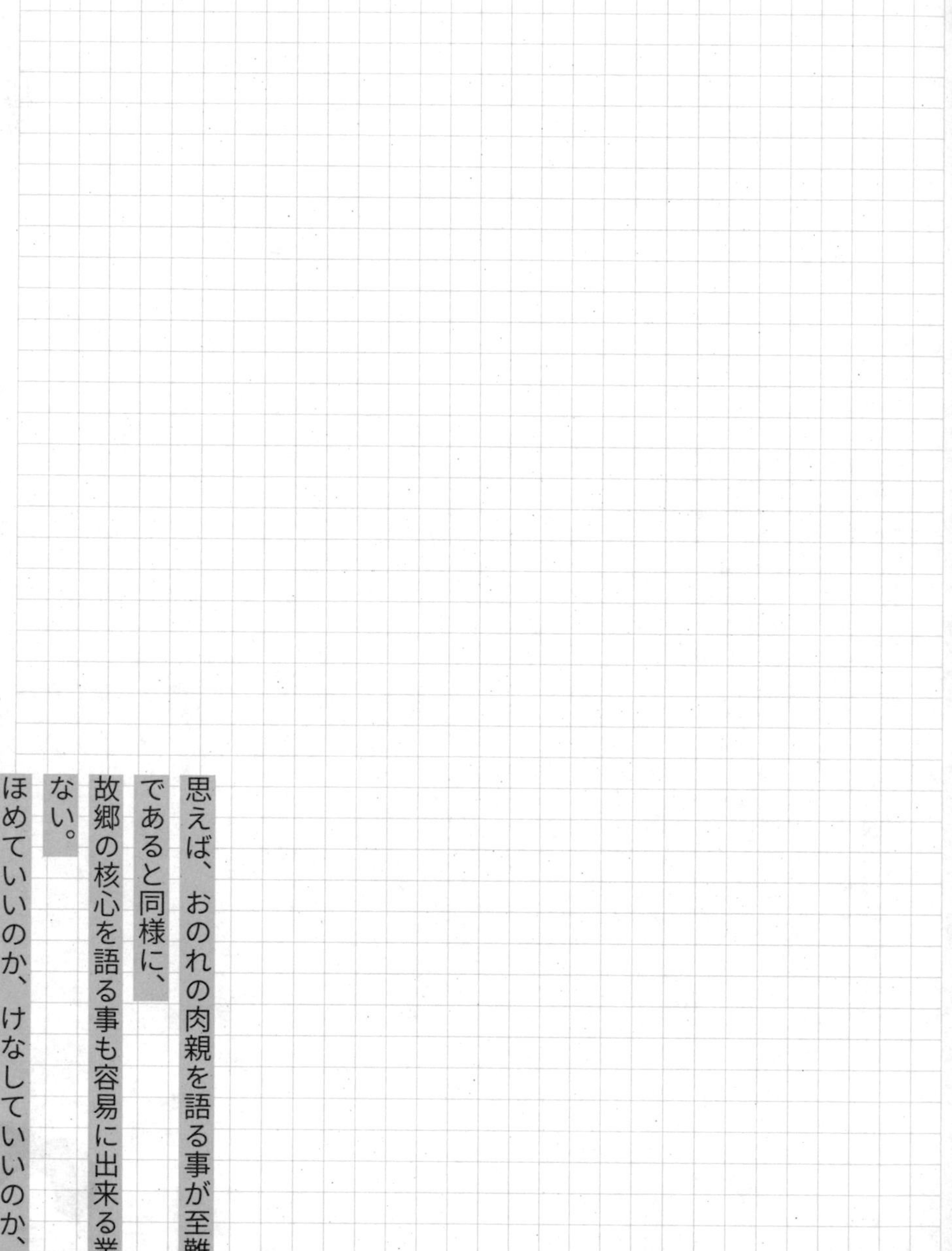

思えば、おのれの肉親を語る事が至難な業であると同様に、故郷の核心を語る事も容易に出来る業ではない。ほめていいのか、けなしていいのか、わからない。

現在想來，評論自身的血親是件難事，
同樣的，評論自己的故鄉也不是件簡單的事。
因為你不知道該褒還是該貶。

1 2 3 4 5 6 7 8 9 10 11 12 月
一 二 三 四 五 六 日

1 2 3 4 5 6 7 8 9 10 11 12 14 14 15 16 17
18 19 20 21 22 23 24 25 26 27 28 29 30 31 日

男の意志というものは、とかく滑稽な形であらわれがちのものである。

1 2 3 4 5 6 7 8 9 10 11 12 月
一 二 三 四 五 六 日

1 2 3 4 5 6 7 8 9 10 11 12 14 14 15 16 17
18 19 20 21 22 23 24 25 26 27 28 29 30 31 日

男人的意志，往往以最可笑的形式表現出來。

1 2 3 4 5 6 7 8 9 10 11 12 月
一 二 三 四 五 六 日

1 2 3 4 5 6 7 8 9 10 11 12 14 14 15 16 17
18 19 20 21 22 23 24 25 26 27 28 29 30 31 日

大人というものは侘しいものだ。愛し合っていても、用心して、他人行儀を守らなければならぬ。

1 2 3 4 5 6 7 8 9 10 11 12 月
一 二 三 四 五 六 日

1 2 3 4 5 6 7 8 9 10 11 12 14 14 15 16 17
18 19 20 21 22 23 24 25 26 27 28 29 30 31 日

大人是種寂寞的生物。

即使彼此相愛，還是得小心翼翼保持安全距離。

1 2 3 4 5 6 7 8 9 10 11 12 月
一 二 三 四 五 六 日

1 2 3 4 5 6 7 8 9 10 11 12 14 14 15 16 17
18 19 20 21 22 23 24 25 26 27 28 29 30 31 日

私には、常識な善事を行うに当って、甚だてれる悪癖がある。

1 2 3 4 5 6 7 8 9 10 11 12 月
一 二 三 四 五 六 日

1 2 3 4 5 6 7 8 9 10 11 12 14 14 15 16 17
18 19 20 21 22 23 24 25 26 27 28 29 30 31 日

我們的壞習慣就是，做理所當然的好事，卻覺得害羞。

1 2 3 4 5 6 7 8 9 10 11 12 月
一 二 三 四 五 六 日

1 2 3 4 5 6 7 8 9 10 11 12 14 14 15 16 17
18 19 20 21 22 23 24 25 26 27 28 29 30 31 日

つつしむべきは士族の商談、文士の政談。

1 2 3 4 5 6 7 8 9 10 11 12 月
一 二 三 四 五 六 日

1 2 3 4 5 6 7 8 9 10 11 12 14 14 15 16 17
18 19 20 21 22 23 24 25 26 27 28 29 30 31 日

最不該做的事：士族談商，文人論政。

肉親を書いて、こうしてその原稿を売らなければ生きて行けないという悪い宿業を背負っている男は、神様から、そのふるさとを取り上げられる。

1 2 3 4 5 6 7 8 9 10 11 12 月
一 二 三 四 五 六 日

1 2 3 4 5 6 7 8 9 10 11 12 14 14 15 16 17
18 19 20 21 22 23 24 25 26 27 28 29 30 31 日

把自己的血親當作談資，還寫成稿子營生，
對於背負著這種罪過的男人，
神明給的懲罰，就是讓他失去故鄉。

1 2 3 4 5 6 7 8 9 10 11 12 月
一 二 三 四 五 六 日

1 2 3 4 5 6 7 8 9 10 11 12 14 14 15 16 17
18 19 20 21 22 23 24 25 26 27 28 29 30 31 日

あなたに助けられたから、好きというわけでも無いし、
あなたが風流人だから、好きというのでもない。
ただ、ふっと好きなんだ。

1 2 3 4 5 6 7 8 9 10 11 12 月
一 二 三 四 五 六 日

1 2 3 4 5 6 7 8 9 10 11 12 14 14 15 16 17
18 19 20 21 22 23 24 25 26 27 28 29 30 31 日

我之所以喜歡你，不是因為你救了我。
也不是因為你是個風雅的人才愛上你。
我對你是一見鍾情。

1 2 3 4 5 6 7 8 9 10 11 12 月
一 二 三 四 五 六 日

1 2 3 4 5 6 7 8 9 10 11 12 14 14 15 16 17
18 19 20 21 22 23 24 25 26 27 28 29 30 31 日

お互い他人の批評を気にして、泣いたり怒ったり、ケチにこそこそ暮らしている陸上の人たちが、たまらなく可憐で、そうして、何だか美しいもののようにさえ思われて来た。

1 2 3 4 5 6 7 8 9 10 11 12 月
一 二 三 四 五 六 日

1 2 3 4 5 6 7 8 9 10 11 12 14 14 15 16 17
18 19 20 21 22 23 24 25 26 27 28 29 30 31 日

在意他人的批評，為此又哭又笑，
你們陸地上的人活得謹小慎微的樣子，在我看來實在惹人憐愛，
而且，我甚至覺得這樣的你們很美。

人間は、しばしば希望にあざむかれるが、
しかし、また「絶望」という観念にも同様にあざむかれる事がある。

1 2 3 4 5 6 7 8 9 10 11 12 月
一 二 三 四 五 六 日

1 2 3 4 5 6 7 8 9 10 11 12 14 14 15 16 17
18 19 20 21 22 23 24 25 26 27 28 29 30 31 日

人們經常會被希望欺騙，
不過，絕望這回事也是一樣的。

1 2 3 4 5 6 7 8 9 10 11 12 月
一 二 三 四 五 六 日

1 2 3 4 5 6 7 8 9 10 11 12 14 14 15 16 17
18 19 20 21 22 23 24 25 26 27 28 29 30 31 日

あこがれの桃源境も、いじらしいような決心も、みんなばかばかしい冬の花火だ。

1 2 3 4 5 6 7 8 9 10 11 12 月
一 二 三 四 五 六 日

1 2 3 4 5 6 7 8 9 10 11 12 14 14 15 16 17
18 19 20 21 22 23 24 25 26 27 28 29 30 31 日

你所憧憬的桃花源、破釜沉舟的決心，其實都像毫無意義的冬日花火。

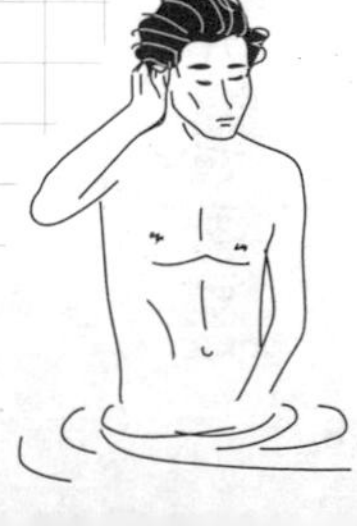

1 2 3 4 5 6 7 8 9 10 11 12 月
一 二 三 四 五 六 日

1 2 3 4 5 6 7 8 9 10 11 12 14 14 15 16 17
18 19 20 21 22 23 24 25 26 27 28 29 30 31 日

片恋というものこそ常に恋の最高の姿である。

1 2 3 4 5 6 7 8 9 10 11 12 月
一 二 三 四 五 六 日

1 2 3 4 5 6 7 8 9 10 11 12 14 14 15 16 17
18 19 20 21 22 23 24 25 26 27 28 29 30 31 日

單戀，往往是戀愛最極致的形式。

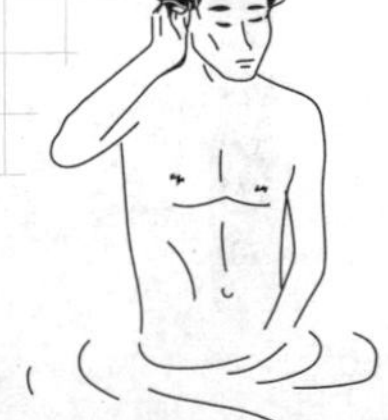

1 2 3 4 5 6 7 8 9 10 11 12 月
一 二 三 四 五 六 日

1 2 3 4 5 6 7 8 9 10 11 12 14 14 15 16 17
18 19 20 21 22 23 24 25 26 27 28 29 30 31 日

好きなら、好きと、なぜ明朗に言えないのか。

1 2 3 4 5 6 7 8 9 10 11 12 月
一 二 三 四 五 六 日

1 2 3 4 5 6 7 8 9 10 11 12 14 14 15 16 17
18 19 20 21 22 23 24 25 26 27 28 29 30 31 日

喜歡一個人，為何就是無法明白告訴對方：「我喜歡你」呢？

1 2 3 4 5 6 7 8 9 10 11 12 月
一 二 三 四 五 六 日

1 2 3 4 5 6 7 8 9 10 11 12 14 14 15 16 17
18 19 20 21 22 23 24 25 26 27 28 29 30 31 日

女には、幸福も不幸も無いものです。
男には、不幸だけがあるんです。
いつも恐怖と、戦ってばかりいるのです。

1 2 3 4 5 6 7 8 9 10 11 12 月　1 2 3 4 5 6 7 8 9 10 11 12 14 14 15 16 17
一 二 三 四 五 六 日　18 19 20 21 22 23 24 25 26 27 28 29 30 31 日

對女人來說，沒有什麼幸福不幸福。
而對男人來說，他們有的只是不幸。
因為他們一直在跟恐懼奮戰。

1 2 3 4 5 6 7 8 9 10 11 12 月
一 二 三 四 五 六 日

1 2 3 4 5 6 7 8 9 10 11 12 14 14 15 16 17
18 19 20 21 22 23 24 25 26 27 28 29 30 31 日

傑作も駄作もありやしません。
人がいいと言えば、よくなるし、
悪いと言えば、悪くなるんです。

1 2 3 4 5 6 7 8 9 10 11 12 月
一 二 三 四 五 六 日

1 2 3 4 5 6 7 8 9 10 11 12 14 14 15 16 17
18 19 20 21 22 23 24 25 26 27 28 29 30 31 日

作品本身其實沒有什麼好壞。
人家說好的，就是傑作；
人家說壞的，就是劣作。

1 2 3 4 5 6 7 8 9 10 11 12 月
一 二 三 四 五 六 日

1 2 3 4 5 6 7 8 9 10 11 12 14 14 15 16 17
18 19 20 21 22 23 24 25 26 27 28 29 30 31 日

とにかくね、生きているのだからね、インチキをやっているに違いないのさ。

1 2 3 4 5 6 7 8 9 10 11 12 月　1 2 3 4 5 6 7 8 9 10 11 12 14 14 15 16 17
一 二 三 四 五 六 日　18 19 20 21 22 23 24 25 26 27 28 29 30 31 日

人只要活著，就一定會做壞事。

1 2 3 4 5 6 7 8 9 10 11 12 月
一 二 三 四 五 六 日

1 2 3 4 5 6 7 8 9 10 11 12 14 14 15 16 17
18 19 20 21 22 23 24 25 26 27 28 29 30 31 日

学問とは、虚栄の別名である。
人間が人間でなくなろうとする努力である。

1 2 3 4 5 6 7 8 9 10 11 12 月
一 二 三 四 五 六 日

1 2 3 4 5 6 7 8 9 10 11 12 14 14 15 16 17
18 19 20 21 22 23 24 25 26 27 28 29 30 31 日

所謂學問，就是虛榮的別稱。

這是人類為了讓自己不是人類所做的努力。

1 2 3 4 5 6 7 8 9 10 11 12 月
一 二 三 四 五 六 日

1 2 3 4 5 6 7 8 9 10 11 12 14 14 15 16 17
18 19 20 21 22 23 24 25 26 27 28 29 30 31 日

あなたは、恋をなさっては、いけません。
あなたは、恋をしたら、不幸になります。
恋をなさるなら、
もっと、大きくなってからになさい。
三十になってからになさい。

1 2 3 4 5 6 7 8 9 10 11 12 月
一 二 三 四 五 六 日

1 2 3 4 5 6 7 8 9 10 11 12 14 14 15 16 17
18 19 20 21 22 23 24 25 26 27 28 29 30 31 日

妳不可以戀愛。

愛上一個人，就會變得不幸。

如果要戀愛的話，等妳長大後再談。

等妳三十歲之後再談吧。

1 2 3 4 5 6 7 8 9 10 11 12 月
一 二 三 四 五 六 日

1 2 3 4 5 6 7 8 9 10 11 12 14 14 15 16 17
18 19 20 21 22 23 24 25 26 27 28 29 30 31 日

人間は、嘘をつく時には、必ずまじめな顔をしているものである。

1 2 3 4 5 6 7 8 9 10 11 12 月　1 2 3 4 5 6 7 8 9 10 11 12 14 14 15 16 17

一 二 三 四 五 六 日　18 19 20 21 22 23 24 25 26 27 28 29 30 31 日

人在說謊的時候，必定會一臉正經。

1 2 3 4 5 6 7 8 9 10 11 12 月
一 二 三 四 五 六 日

1 2 3 4 5 6 7 8 9 10 11 12 14 14 15 16 17
18 19 20 21 22 23 24 25 26 27 28 29 30 31 日

ただ、めしを食えたらそれで解決できる苦しみ、しかし、それこそ最も強い苦痛。

1 2 3 4 5 6 7 8 9 10 11 12 月
一 二 三 四 五 六 日

1 2 3 4 5 6 7 8 9 10 11 12 14 14 15 16 17
18 19 20 21 22 23 24 25 26 27 28 29 30 31 日

吃了飯就能解決的痛苦，才是最強的痛苦。

恥の多い生涯を送って来ました。

自分には、人間の生活というものが、見当つかないのです。

1 2 3 4 5 6 7 8 9 10 11 12 月
一 二 三 四 五 六 日

1 2 3 4 5 6 7 8 9 10 11 12 14 14 15 16 17
18 19 20 21 22 23 24 25 26 27 28 29 30 31 日

我這一生，過得滿是羞恥。

我不知道什麼才是常人的生活。

1 2 3 4 5 6 7 8 9 10 11 12 月
一 二 三 四 五 六 日

1 2 3 4 5 6 7 8 9 10 11 12 14 14 15 16 17
18 19 20 21 22 23 24 25 26 27 28 29 30 31 日

恋愛は、チャンスではないと思う。
私はそれを、意志だと思う。

1 2 3 4 5 6 7 8 9 10 11 12 月
一 二 三 四 五 六 日

1 2 3 4 5 6 7 8 9 10 11 12 14 14 15 16 17
18 19 20 21 22 23 24 25 26 27 28 29 30 31 日

戀愛不是靠緣分，
我認為是靠意志。

1 2 3 4 5 6 7 8 9 10 11 12 月
一 二 三 四 五 六 日

1 2 3 4 5 6 7 8 9 10 11 12 14 14 15 16 17
18 19 20 21 22 23 24 25 26 27 28 29 30 31 日

私は確信したい。
人間は恋と革命のために生まれて来たのだ。

1 2 3 4 5 6 7 8 9 10 11 12 月

一 二 三 四 五 六 日

1 2 3 4 5 6 7 8 9 10 11 12 14 14 15 16 17

18 19 20 21 22 23 24 25 26 27 28 29 30 31 日

我堅信人類是為了戀愛和革命而出生的。

1 2 3 4 5 6 7 8 9 10 11 12 月
一 二 三 四 五 六 日

1 2 3 4 5 6 7 8 9 10 11 12 14 14 15 16 17
18 19 20 21 22 23 24 25 26 27 28 29 30 31 日

人間三百六十五日、何の心配も無い日が、一日、いや半日あったら、それは仕合せな人間です。

1 2 3 4 5 6 7 8 9 10 11 12 月
一 二 三 四 五 六 日

1 2 3 4 5 6 7 8 9 10 11 12 14 14 15 16 17
18 19 20 21 22 23 24 25 26 27 28 29 30 31 日

一年三百六十五天，
若有個一天，
不，只要半天能過得無憂無慮，就算幸福了。

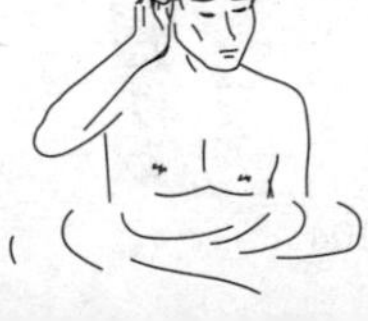

1 2 3 4 5 6 7 8 9 10 11 12 月
一 二 三 四 五 六 日

1 2 3 4 5 6 7 8 9 10 11 12 14 14 15 16 17
18 19 20 21 22 23 24 25 26 27 28 29 30 31 日

他の生き物には絶対に無く、人間にだけあるもの。

それはね、ひめごと、というものよ。

1 2 3 4 5 6 7 8 9 10 11 12 月
一 二 三 四 五 六 日

1 2 3 4 5 6 7 8 9 10 11 12 14 14 15 16 17
18 19 20 21 22 23 24 25 26 27 28 29 30 31 日

只有人類擁有，而其他動物絕對沒有的東西

——那就是祕密。

1 2 3 4 5 6 7 8 9 10 11 12 月
一 二 三 四 五 六 日

1 2 3 4 5 6 7 8 9 10 11 12 14 14 15 16 17
18 19 20 21 22 23 24 25 26 27 28 29 30 31 日

神に問う。信頼は罪なりや。

無垢の信頼心は、罪なりや。

1 2 3 4 5 6 7 8 9 10 11 12 月　1 2 3 4 5 6 7 8 9 10 11 12 14 14 15 16 17

一 二 三 四 五 六 日　18 19 20 21 22 23 24 25 26 27 28 29 30 31 日

我要問眾神：信任是一種罪嗎？

天真無邪的信任，是一種罪嗎？

1 2 3 4 5 6 7 8 9 10 11 12 月

一 二 三 四 五 六 日

1 2 3 4 5 6 7 8 9 10 11 12 14 14 15 16 17

18 19 20 21 22 23 24 25 26 27 28 29 30 31 日

不良とは、優しさの事ではないかしら。

1 2 3 4 5 6 7 8 9 10 11 12 月
一 二 三 四 五 六 日

1 2 3 4 5 6 7 8 9 10 11 12 14 14 15 16 17
18 19 20 21 22 23 24 25 26 27 28 29 30 31 日

所謂的使壞，不正是溫柔體貼嗎？

弱虫は、幸福をさえおそれるものです。
綿で怪我をするんです。
幸福に傷つけられる事もあるんです。

1 2 3 4 5 6 7 8 9 10 11 12 月
一 二 三 四 五 六 日

1 2 3 4 5 6 7 8 9 10 11 12 14 14 15 16 17
18 19 20 21 22 23 24 25 26 27 28 29 30 31 日

膽小鬼連幸福都害怕。

連碰到棉花都會受傷。

就算是幸福，也會讓他遍體鱗傷。

1 2 3 4 5 6 7 8 9 10 11 12 月
一 二 三 四 五 六 日

1 2 3 4 5 6 7 8 9 10 11 12 14 14 15 16 17
18 19 20 21 22 23 24 25 26 27 28 29 30 31 日

おむすびが、どうしておいしいのだか、知ってますか。
あれはね、人間の指で握りしめて作るからですよ。

1 2 3 4 5 6 7 8 9 10 11 12 月
一 二 三 四 五 六 日

1 2 3 4 5 6 7 8 9 10 11 12 14 14 15 16 17
18 19 20 21 22 23 24 25 26 27 28 29 30 31 日

妳知道飯糰為什麼會那麼好吃嗎？

因為那是用人的手指捏出來的！

1 2 3 4 5 6 7 8 9 10 11 12 月
一 二 三 四 五 六 日

1 2 3 4 5 6 7 8 9 10 11 12 14 14 15 16 17
18 19 20 21 22 23 24 25 26 27 28 29 30 31 日

子供より親が大事、と思いたい。
何、子供よりも、その親のほうが弱いのだ。

1 2 3 4 5 6 7 8 9 10 11 12 月
一 二 三 四 五 六 日

1 2 3 4 5 6 7 8 9 10 11 12 14 14 15 16 17
18 19 20 21 22 23 24 25 26 27 28 29 30 31 日

我希望父母的優先順序，能排在孩子前面。
因為父母親其實更需要幫助。

1 2 3 4 5 6 7 8 9 10 11 12 月
一 二 三 四 五 六 日

1 2 3 4 5 6 7 8 9 10 11 12 14 14 15 16 17
18 19 20 21 22 23 24 25 26 27 28 29 30 31 日

地獄は信ぜられても、
天国の存在は、どうしても信ぜられなかったのです。

1 2 3 4 5 6 7 8 9 10 11 12 月
一 二 三 四 五 六 日

1 2 3 4 5 6 7 8 9 10 11 12 14 14 15 16 17
18 19 20 21 22 23 24 25 26 27 28 29 30 31 日

縱使我相信世上有地獄，
也絕不相信天國的存在。

1 2 3 4 5 6 7 8 9 10 11 12 月
一 二 三 四 五 六 日

1 2 3 4 5 6 7 8 9 10 11 12 14 14 15 16 17
18 19 20 21 22 23 24 25 26 27 28 29 30 31 日

人間、失格。
もはや、自分は、完全に、人間で無くなりました。

1 2 3 4 5 6 7 8 9 10 11 12 月
一 二 三 四 五 六 日

1 2 3 4 5 6 7 8 9 10 11 12 14 14 15 16 17
18 19 20 21 22 23 24 25 26 27 28 29 30 31 日

我喪失了做人的資格。
我已經完全不算是一個人了。

1 2 3 4 5 6 7 8 9 10 11 12 月
一 二 三 四 五 六 日

1 2 3 4 5 6 7 8 9 10 11 12 14 14 15 16 17
18 19 20 21 22 23 24 25 26 27 28 29 30 31 日

こいしい人の子を生み、育てることが、私の道徳革命の完成なのでございます。

1 2 3 4 5 6 7 8 9 10 11 12 月
一 二 三 四 五 六 日

1 2 3 4 5 6 7 8 9 10 11 12 14 14 15 16 17
18 19 20 21 22 23 24 25 26 27 28 29 30 31 日

生下心愛男人的孩子、撫養成人，是我道德革命的實現。

生きるという事は、たいへんな事だ。
あちこちから鎖がからまっていて、
少しでも動くと、血が噴き出す。

1 2 3 4 5 6 7 8 9 10 11 12 月
一 二 三 四 五 六 日

1 2 3 4 5 6 7 8 9 10 11 12 14 14 15 16 17
18 19 20 21 22 23 24 25 26 27 28 29 30 31 日

人生在世，真不容易。

來自四面八方的鐵鍊，把渾身上下捆個嚴嚴實實的，

哪怕稍動一下，也會血流如注。

1 2 3 4 5 6 7 8 9 10 11 12 月
一 二 三 四 五 六 日

1 2 3 4 5 6 7 8 9 10 11 12 14 14 15 16 17
18 19 20 21 22 23 24 25 26 27 28 29 30 31 日

人間は、みな、同じものだ。
なんという卑屈な言葉であろう。
人をいやしめると同時に、
みずからをもいやしめ、
何のプライドもなく、あらゆる努力を放棄
せしめるような言葉。

1 2 3 4 5 6 7 8 9 10 11 12 月 1 2 3 4 5 6 7 8 9 10 11 12 14 14 15 16 17

一 二 三 四 五 六 日 18 19 20 21 22 23 24 25 26 27 28 29 30 31 日

人類都是一個樣。

多麼卑鄙扭曲的一句話啊！貶低別人同時也貶低了自己。

讓人毫無自尊、放棄一切努力的一句話。

1 2 3 4 5 6 7 8 9 10 11 12 月
一 二 三 四 五 六 日

1 2 3 4 5 6 7 8 9 10 11 12 14 14 15 16 17
18 19 20 21 22 23 24 25 26 27 28 29 30 31 日

自分は、人間を極度に恐れていながら、それでいて、人間を、どうしても思い切れなかったらしいのです。

1 2 3 4 5 6 7 8 9 10 11 12 月 一 二 三 四 五 六 日

1 2 3 4 5 6 7 8 9 10 11 12 14 14 15 16 17 18 19 20 21 22 23 24 25 26 27 28 29 30 31 日

儘管我極度害怕人類，卻無法對人類死心。

1 2 3 4 5 6 7 8 9 10 11 12 月
一 二 三 四 五 六 日

1 2 3 4 5 6 7 8 9 10 11 12 14 14 15 16 17
18 19 20 21 22 23 24 25 26 27 28 29 30 31 日

非合法。自分には、それが幽かに楽しかったのです。

むしろ、居心地がよかったのです。

世の中の合法というもののほうが、かえっておそろしい。

1 2 3 4 5 6 7 8 9 10 11 12 月
一 二 三 四 五 六 日

1 2 3 4 5 6 7 8 9 10 11 12 14 14 15 16 17
18 19 20 21 22 23 24 25 26 27 28 29 30 31 日

非法。這帶給我小小的樂趣，
甚至可以說感覺舒服又自在。
世上所謂合法的事物才可怕。

1 2 3 4 5 6 7 8 9 10 11 12 月
一 二 三 四 五 六 日

1 2 3 4 5 6 7 8 9 10 11 12 14 14 15 16 17
18 19 20 21 22 23 24 25 26 27 28 29 30 31 日

人非人でもいいじゃないの。

私たちは、生きていれさえすればいいのよ。

1 2 3 4 5 6 7 8 9 10 11 12 月
一 二 三 四 五 六 日

1 2 3 4 5 6 7 8 9 10 11 12 14 14 15 16 17
18 19 20 21 22 23 24 25 26 27 28 29 30 31 日

即使「人非人」又如何？只要我們活著就好了。

1 2 3 4 5 6 7 8 9 10 11 12 月
一 二 三 四 五 六 日

1 2 3 4 5 6 7 8 9 10 11 12 14 14 15 16 17
18 19 20 21 22 23 24 25 26 27 28 29 30 31 日

人に好かれる事は知っていても、
人を愛する能力においては欠けているところがあるようでした。

1 2 3 4 5 6 7 8 9 10 11 12 月

一 二 三 四 五 六 日

1 2 3 4 5 6 7 8 9 10 11 12 14 14 15 16 17

18 19 20 21 22 23 24 25 26 27 28 29 30 31 日

即使知道自己受人喜愛，

但我似乎缺乏愛人的能力。

1 2 3 4 5 6 7 8 9 10 11 12 月 一 二 三 四 五 六 日
1 2 3 4 5 6 7 8 9 10 11 12 14 14 15 16 17 18 19 20 21 22 23 24 25 26 27 28 29 30 31 日

幸福感というものは、
悲哀の川の底に沈んで、
幽かに光っている砂金のようなものではなか
ろうか。

1 2 3 4 5 6 7 8 9 10 11 12 月
一 二 三 四 五 六 日

1 2 3 4 5 6 7 8 9 10 11 12 14 14 15 16 17
18 19 20 21 22 23 24 25 26 27 28 29 30 31 日

所謂的幸福感，
就像沉在悲哀的河底微微發光的砂金。

1 2 3 4 5 6 7 8 9 10 11 12 月　　1 2 3 4 5 6 7 8 9 10 11 12 14 14 15 16 17

一 二 三 四 五 六 日　　18 19 20 21 22 23 24 25 26 27 28 29 30 31 日

好きなら、好きと、なぜ明朗に言えないのか。

1 2 3 4 5 6 7 8 9 10 11 12 月　1 2 3 4 5 6 7 8 9 10 11 12 14 14 15 16 17
一 二 三 四 五 六 日　18 19 20 21 22 23 24 25 26 27 28 29 30 31 日

喜歡一個人，為何就是無法明白告訴對方：「我喜歡你」呢？

1 2 3 4 5 6 7 8 9 10 11 12 月

一 二 三 四 五 六 日

1 2 3 4 5 6 7 8 9 10 11 12 14 14 15 16 17

18 19 20 21 22 23 24 25 26 27 28 29 30 31 日

大人とは、裏切られた青年の姿である。

1 2 3 4 5 6 7 8 9 10 11 12 月
一 二 三 四 五 六 日

1 2 3 4 5 6 7 8 9 10 11 12 14 14 15 16 17
18 19 20 21 22 23 24 25 26 27 28 29 30 31 日

所謂成人，就是曾被背叛過的青年。

1 2 3 4 5 6 7 8 9 10 11 12 月
一 二 三 四 五 六 日

1 2 3 4 5 6 7 8 9 10 11 12 14 14 15 16 17
18 19 20 21 22 23 24 25 26 27 28 29 30 31 日

薄情なのは、世間の涙もろい人たちの間にかえって多いのであります。

1 2 3 4 5 6 7 8 9 10 11 12 月
一 二 三 四 五 六 日

1 2 3 4 5 6 7 8 9 10 11 12 14 14 15 16 17
18 19 20 21 22 23 24 25 26 27 28 29 30 31 日

淚腺發達的人，往往是這世上最薄情的人。

1 2 3 4 5 6 7 8 9 10 11 12 月
一 二 三 四 五 六 日

1 2 3 4 5 6 7 8 9 10 11 12 14 14 15 16 17
18 19 20 21 22 23 24 25 26 27 28 29 30 31 日

人なみの仕合せは、むずかしいらしいよ。

1 2 3 4 5 6 7 8 9 10 11 12 月
一 二 三 四 五 六 日

1 2 3 4 5 6 7 8 9 10 11 12 14 14 15 16 17
18 19 20 21 22 23 24 25 26 27 28 29 30 31 日

平凡的幸福，似乎是最難的一件事。

1 2 3 4 5 6 7 8 9 10 11 12 月
一 二 三 四 五 六 日

1 2 3 4 5 6 7 8 9 10 11 12 14 14 15 16 17
18 19 20 21 22 23 24 25 26 27 28 29 30 31 日

生活。

よい仕事をしたあとで
一杯のお茶をすする
お茶のあぶくに
きれいな私の顔が
いくつもいくつも
うつっているのさ

どうにか、なる。

1 2 3 4 5 6 7 8 9 10 11 12 月
一 二 三 四 五 六 日

1 2 3 4 5 6 7 8 9 10 11 12 14 14 15 16 17
18 19 20 21 22 23 24 25 26 27 28 29 30 31 日

生活。
工作圓滿結束後
舉杯，啜了口茶
細小的泡沫裡
映出了
好幾張好幾張
我清澈的臉孔
一切都會，沒事的。

死のうと思っていた。
ことしの正月、よそから着物を一反もらった。
お年玉としてである。着物の布地は麻であった。
鼠色のこまかい縞目が織りこめられていた。
これは夏に着る着物であろう。
夏まで生きていようと思った。

我本想就此了結生命。
今年正月的時候，從別人那收到一套和服，當作是壓歲錢。
和服的質地是麻布，穿插著鼠灰色的細條紋。
這應該是夏天穿的吧。
那就姑且活到夏天吧。

1 2 3 4 5 6 7 8 9 10 11 12 月
一 二 三 四 五 六 日

1 2 3 4 5 6 7 8 9 10 11 12 14 14 15 16 17
18 19 20 21 22 23 24 25 26 27 28 29 30 31 日

甲斐ない努力の美しさ。
われはその美に心をひかれた。

1 2 3 4 5 6 7 8 9 10 11 12 月
一 二 三 四 五 六 日

1 2 3 4 5 6 7 8 9 10 11 12 14 14 15 16 17
18 19 20 21 22 23 24 25 26 27 28 29 30 31 日

徒勞無功的努力，
那樣的美，令我心醉不已。

1 2 3 4 5 6 7 8 9 10 11 12 月
一 二 三 四 五 六 日

1 2 3 4 5 6 7 8 9 10 11 12 14 14 15 16 17
18 19 20 21 22 23 24 25 26 27 28 29 30 31 日

私は弱いのではなく、くるしみが、重すぎるのだ。

1 2 3 4 5 6 7 8 9 10 11 12 月
一 二 三 四 五 六 日

1 2 3 4 5 6 7 8 9 10 11 12 14 14 15 16 17
18 19 20 21 22 23 24 25 26 27 28 29 30 31 日

並非是我軟弱，而是痛苦，過於沉重。

笑われて、笑われて、つよくなる。

1 2 3 4 5 6 7 8 9 10 11 12 月

一 二 三 四 五 六 日

1 2 3 4 5 6 7 8 9 10 11 12 14 14 15 16 17

18 19 20 21 22 23 24 25 26 27 28 29 30 31 日

一次次被世人嘲笑，使我更加堅強。

1 2 3 4 5 6 7 8 9 10 11 12 月
一 二 三 四 五 六 日

1 2 3 4 5 6 7 8 9 10 11 12 14 14 15 16 17
18 19 20 21 22 23 24 25 26 27 28 29 30 31 日

僕は、心の弱さを隠さない人を信頼する。

1 2 3 4 5 6 7 8 9 10 11 12 月　1 2 3 4 5 6 7 8 9 10 11 12 14 14 15 16 17

一 二 三 四 五 六 日　18 19 20 21 22 23 24 25 26 27 28 29 30 31 日

我打從心底信賴那些不隱藏內心脆弱的人。

1 2 3 4 5 6 7 8 9 10 11 12 月
一 二 三 四 五 六 日

1 2 3 4 5 6 7 8 9 10 11 12 14 14 15 16 17
18 19 20 21 22 23 24 25 26 27 28 29 30 31 日

私は真理と愛情の乞食だ、白米の乞食ではない。

1 2 3 4 5 6 7 8 9 10 11 12 月
一 二 三 四 五 六 日

1 2 3 4 5 6 7 8 9 10 11 12 14 14 15 16 17
18 19 20 21 22 23 24 25 26 27 28 29 30 31 日

我所乞討的是真理與愛情，而不是白米。

1 2 3 4 5 6 7 8 9 10 11 12 月
一 二 三 四 五 六 日

1 2 3 4 5 6 7 8 9 10 11 12 14 14 15 16 17
18 19 20 21 22 23 24 25 26 27 28 29 30 31 日

惚れたが悪いか。

1 2 3 4 5 6 7 8 9 10 11 12 月
一 二 三 四 五 六 日

1 2 3 4 5 6 7 8 9 10 11 12 14 14 15 16 17
18 19 20 21 22 23 24 25 26 27 28 29 30 31 日

喜歡上一個人，難道是種錯嗎？

1 2 3 4 5 6 7 8 9 10 11 12 月
一 二 三 四 五 六 日

1 2 3 4 5 6 7 8 9 10 11 12 14 14 15 16 17
18 19 20 21 22 23 24 25 26 27 28 29 30 31 日

選ばれてあることの恍惚と不安と、
二つわれにあり。

1 2 3 4 5 6 7 8 9 10 11 12 月
一 二 三 四 五 六 日

1 2 3 4 5 6 7 8 9 10 11 12 14 14 15 16 17
18 19 20 21 22 23 24 25 26 27 28 29 30 31 日

身為神選之子的恍惚與不安，兩者在我身上共存。

1 2 3 4 5 6 7 8 9 10 11 12 月
一 二 三 四 五 六 日

1 2 3 4 5 6 7 8 9 10 11 12 14 14 15 16 17
18 19 20 21 22 23 24 25 26 27 28 29 30 31 日

生みの母ほど、子の性質を、
いいえ、子の弱点を、
知っているものはありません。
それは、そのまま母の弱点でもあるからです。

越是親生母親，
越是不懂孩子的個性，不，應該說是弱點。
因為，那通常也是母親自身的弱點。

1 2 3 4 5 6 7 8 9 10 11 12 月
一 二 三 四 五 六 日

1 2 3 4 5 6 7 8 9 10 11 12 14 14 15 16 17
18 19 20 21 22 23 24 25 26 27 28 29 30 31 日

愛は言葉だ。
言葉が無くなれや、
同時にこの世の中に、
愛情も無くなるんだ。
愛が言葉以外に、
実体として何かあると思っていたら、
大間違いだ。

1 2 3 4 5 6 7 8 9 10 11 12 月
一 二 三 四 五 六 日
1 2 3 4 5 6 7 8 9 10 11 12 14 14 15 16 17
18 19 20 21 22 23 24 25 26 27 28 29 30 31 日

愛就是語言。

如果這世上沒有語言，

等於愛情也消失了。

如果你認為除了語言之外，還有什麼可以表現愛的實體，

那就是大錯特錯。

1 2 3 4 5 6 7 8 9 10 11 12 月
一 二 三 四 五 六 日

1 2 3 4 5 6 7 8 9 10 11 12 14 14 15 16 17
18 19 20 21 22 23 24 25 26 27 28 29 30 31 日

ああ、僕は愛情に飢えている。
素朴な愛の言葉が欲しい。

1 2 3 4 5 6 7 8 9 10 11 12 月
一 二 三 四 五 六 日

1 2 3 4 5 6 7 8 9 10 11 12 14 14 15 16 17
18 19 20 21 22 23 24 25 26 27 28 29 30 31 日

啊啊，我是如此渴望愛情。
我想要純粹的愛的語言。

1 2 3 4 5 6 7 8 9 10 11 12 月
一 二 三 四 五 六 日

1 2 3 4 5 6 7 8 9 10 11 12 14 14 15 16 17
18 19 20 21 22 23 24 25 26 27 28 29 30 31 日

なぜ、「恋」がわるくて、「愛」がいいのか、
私にはわからない。

1 2 3 4 5 6 7 8 9 10 11 12 月
一 二 三 四 五 六 日

1 2 3 4 5 6 7 8 9 10 11 12 14 14 15 16 17
18 19 20 21 22 23 24 25 26 27 28 29 30 31 日

為什麼「戀上一個人」是壞事，「愛上一個人」就是好事，我實在不懂。

1 2 3 4 5 6 7 8 9 10 11 12 月
一 二 三 四 五 六 日

1 2 3 4 5 6 7 8 9 10 11 12 14 14 15 16 17
18 19 20 21 22 23 24 25 26 27 28 29 30 31 日

喜んだり怒ったり悲しんだり憎んだり、
いろいろな感情があるけれども、
けれどもそれは人間の生活のほんの
一パーセントを占めているだけの感情で、
あとの九十九パーセントは、
ただ待って暮らしているのではないでしょ
うか。

1 2 3 4 5 6 7 8 9 10 11 12 月
一 二 三 四 五 六 日

1 2 3 4 5 6 7 8 9 10 11 12 14 14 15 16 17 日
18 19 20 21 22 23 24 25 26 27 28 29 30 31

喜怒哀憎，
我們雖然有各種各樣的感情，
但是這些感情只佔了人們生活的百分之一，
其餘的百分之九十九，
我們都只是在等待中過日子。

1 2 3 4 5 6 7 8 9 10 11 12 月
一 二 三 四 五 六 日

1 2 3 4 5 6 7 8 9 10 11 12 14 14 15 16 17
18 19 20 21 22 23 24 25 26 27 28 29 30 31 日

生きている事。
ああ、それは、何というやりきれない
息もたえだえの大事業であろうか。

1 2 3 4 5 6 7 8 9 10 11 12 月
一 二 三 四 五 六 日

1 2 3 4 5 6 7 8 9 10 11 12 14 14 15 16 17
18 19 20 21 22 23 24 25 26 27 28 29 30 31 日

活著，
啊啊，那是多麼令人痛苦到喘不過氣的大事啊。

1 2 3 4 5 6 7 8 9 10 11 12 月 一 二 三 四 五 六 日

1 2 3 4 5 6 7 8 9 10 11 12 14 14 15 16 17 18 19 20 21 22 23 24 25 26 27 28 29 30 31 日

死ぬひとは、きまって、
おとなしく、綺麗で、やさしいものだわ。

1 2 3 4 5 6 7 8 9 10 11 12 月
一 二 三 四 五 六 日

1 2 3 4 5 6 7 8 9 10 11 12 14 14 15 16 17
18 19 20 21 22 23 24 25 26 27 28 29 30 31 日

死人，
每一個都是平靜、美麗、溫柔的。

1 2 3 4 5 6 7 8 9 10 11 12 月
一 二 三 四 五 六 日

1 2 3 4 5 6 7 8 9 10 11 12 14 14 15 16 17
18 19 20 21 22 23 24 25 26 27 28 29 30 31 日

自分は隣人と、ほとんど会話が出来ません。
何を、どう言ったらいいのか、わからないのです。
そこで考え出したのは、道化でした。
それは、自分の、人間に対する最後の求愛でした。

1 2 3 4 5 6 7 8 9 10 11 12 月
一 二 三 四 五 六 日

1 2 3 4 5 6 7 8 9 10 11 12 14 14 15 16 17
18 19 20 21 22 23 24 25 26 27 28 29 30 31 日

我幾乎無法跟鄰人說話，

我不知道該說什麼才好。

這時我想出來的解決方法，就是搞笑。

這是我對人類最後的求愛。

1 2 3 4 5 6 7 8 9 10 11 12 月 一 二 三 四 五 六 日　1 2 3 4 5 6 7 8 9 10 11 12 14 14 15 16 17 18 19 20 21 22 23 24 25 26 27 28 29 30 31 日

自分は、これまでの生涯において、人に殺されたいと願望した事は幾度となくありましたが、人を殺したいと思った事は、いちどもありませんでした。それは、おそるべき相手に、かえって幸福を与えるだけの事だと考えていたからです。

1 2 3 4 5 6 7 8 9 10 11 12 月
一 二 三 四 五 六 日

1 2 3 4 5 6 7 8 9 10 11 12 14 14 15 16 17
18 19 20 21 22 23 24 25 26 27 28 29 30 31 日

我在目前為止的生涯中，
曾有好幾次希望能被人殺掉，
卻不曾動過殺人的念頭。
因為我認為，對於懼怕的人，
只能給予他們幸福。

あまりに人間を恐怖している人たちは、
かえって、もっともっと、おそろしい妖怪を
確実にこの眼で見たいと願望する。

1 2 3 4 5 6 7 8 9 10 11 12 月
一 二 三 四 五 六 日

1 2 3 4 5 6 7 8 9 10 11 12 14 14 15 16 17
18 19 20 21 22 23 24 25 26 27 28 29 30 31 日

越是害怕人類的人，
反而更希望能夠親眼看到可怕的妖怪。

1 2 3 4 5 6 7 8 9 10 11 12 月
一 二 三 四 五 六 日

1 2 3 4 5 6 7 8 9 10 11 12 14 14 15 16 17
18 19 20 21 22 23 24 25 26 27 28 29 30 31 日

世間とは、いったい、何の事でしょう。
人間の複数でしょうか。
どこに、その世間というものの実体がある
のでしょう。

1 2 3 4 5 6 7 8 9 10 11 12 月
一 二 三 四 五 六 日

1 2 3 4 5 6 7 8 9 10 11 12 14 14 15 16 17
18 19 20 21 22 23 24 25 26 27 28 29 30 31 日

所謂「世人」到底是什麼？

是「人」這個詞彙的複數嗎？

在哪裡才能看到「世人」的實際樣貌呢？

1 2 3 4 5 6 7 8 9 10 11 12 月
一 二 三 四 五 六 日

1 2 3 4 5 6 7 8 9 10 11 12 14 14 15 16 17
18 19 20 21 22 23 24 25 26 27 28 29 30 31 日

私の最も憎悪したものは、
偽善であった。

1 2 3 4 5 6 7 8 9 10 11 12 月
一 二 三 四 五 六 日

1 2 3 4 5 6 7 8 9 10 11 12 14 14 15 16 17
18 19 20 21 22 23 24 25 26 27 28 29 30 31 日

我最憎惡的事情，就是偽善。

1 2 3 4 5 6 7 8 9 10 11 12 月
一 二 三 四 五 六 日

1 2 3 4 5 6 7 8 9 10 11 12 14 14 15 16 17
18 19 20 21 22 23 24 25 26 27 28 29 30 31 日

この家系で、人からうしろ指を
差されるような愚行を演じたのは
私ひとりであった。

在這個家裡，
會做出讓人從背後指指點點的傻事的人，
就只有我一個。

1 2 3 4 5 6 7 8 9 10 11 12 月
一 二 三 四 五 六 日

1 2 3 4 5 6 7 8 9 10 11 12 14 14 15 16 17
18 19 20 21 22 23 24 25 26 27 28 29 30 31 日

おろかな男は、
やすむのにさえ、へまをする。

1 2 3 4 5 6 7 8 9 10 11 12 月
一 二 三 四 五 六 日

1 2 3 4 5 6 7 8 9 10 11 12 14 14 15 16 17
18 19 20 21 22 23 24 25 26 27 28 29 30 31 日

愚蠢的男人，
就連休息的時候，也會犯錯。

1 2 3 4 5 6 7 8 9 10 11 12 月
一 二 三 四 五 六 日

1 2 3 4 5 6 7 8 9 10 11 12 14 14 15 16 17
18 19 20 21 22 23 24 25 26 27 28 29 30 31 日

愛は、最高の奉仕だ。
みじんも、
自分の満足を思っては、いけない。

1 2 3 4 5 6 7 8 9 10 11 12 月
一 二 三 四 五 六 日

1 2 3 4 5 6 7 8 9 10 11 12 14 14 15 16 17
18 19 20 21 22 23 24 25 26 27 28 29 30 31 日

愛是最極致的奉獻。千萬不能有任何自我滿足的想法。

1 2 3 4 5 6 7 8 9 10 11 12 月
一 二 三 四 五 六 日

1 2 3 4 5 6 7 8 9 10 11 12 14 14 15 16 17
18 19 20 21 22 23 24 25 26 27 28 29 30 31 日

ああ、私は、甘えることと殴ること、
二つの生きかたしか知らぬ男だ。

啊啊，我是個只知道撒嬌跟揍人，

這兩種生存方式的人。

1 2 3 4 5 6 7 8 9 10 11 12 月
一 二 三 四 五 六 日

1 2 3 4 5 6 7 8 9 10 11 12 14 14 15 16 17
18 19 20 21 22 23 24 25 26 27 28 29 30 31 日

アカルサハ、
ホロビノ姿デアラウカ。
人モ家モ、
暗イウチハマダ滅亡セヌ。

1 2 3 4 5 6 7 8 9 10 11 12 月
一 二 三 四 五 六 日

1 2 3 4 5 6 7 8 9 10 11 12 14 14 15 16 17
18 19 20 21 22 23 24 25 26 27 28 29 30 31 日

開朗，是走向毀滅的姿態。
無論是人還是房子，
在陰沉昏暗的時候，還不會滅亡。

1 2 3 4 5 6 7 8 9 10 11 12 月
一 二 三 四 五 六 日

1 2 3 4 5 6 7 8 9 10 11 12 14 14 15 16 17
18 19 20 21 22 23 24 25 26 27 28 29 30 31 日

恋愛とは何か。
曰く、「それは非常に恥ずかしいものである」と。

1 2 3 4 5 6 7 8 9 10 11 12 月 1 2 3 4 5 6 7 8 9 10 11 12 14 14 15 16 17
一 二 三 四 五 六 日 18 19 20 21 22 23 24 25 26 27 28 29 30 31 日

戀愛是什麼？

讓我來說的話，「那是件很害羞的事。」

1 2 3 4 5 6 7 8 9 10 11 12 月
一 二 三 四 五 六 日

1 2 3 4 5 6 7 8 9 10 11 12 14 14 15 16 17
18 19 20 21 22 23 24 25 26 27 28 29 30 31 日

人間の生活の苦しみは、
愛の表現の困難に尽きるといってよいと思う。
この表現のつたなさが、人間の不幸の源泉なのではあるまいか。

1 2 3 4 5 6 7 8 9 10 11 12 月
一 二 三 四 五 六 日

1 2 3 4 5 6 7 8 9 10 11 12 14 14 15 16 17
18 19 20 21 22 23 24 25 26 27 28 29 30 31 日

人類生活的痛苦中，
最痛苦的就是無法表現愛情。
不善表達愛情，不就是人類不幸的源頭嗎？

1 2 3 4 5 6 7 8 9 10 11 12 月
一 二 三 四 五 六 日

1 2 3 4 5 6 7 8 9 10 11 12 14 14 15 16 17
18 19 20 21 22 23 24 25 26 27 28 29 30 31 日

おれは、この女を愛している。
どうしていいか、わからないほど愛している。
そいつが、
おれの苦悩のはじまりなんだ。

1 2 3 4 5 6 7 8 9 10 11 12 月
一 二 三 四 五 六 日

1 2 3 4 5 6 7 8 9 10 11 12 14 14 15 16 17
18 19 20 21 22 23 24 25 26 27 28 29 30 31 日

啊啊，我愛這個女人。
愛到不知該如何是好。
那個人，就是我苦惱的開端。

講師　太宰治

1 2 3 4 5 6 7 8 9 10 11 12 月 一 二 三 四 五 六 日

1 2 3 4 5 6 7 8 9 10 11 12 14 14 15 16 17 18 19 20 21 22 23 24 25 26 27 28 29 30 31 日

いまの世の中で、
一ばん美しいのは犠牲者です。

1 2 3 4 5 6 7 8 9 10 11 12 月
一 二 三 四 五 六 日

1 2 3 4 5 6 7 8 9 10 11 12 14 14 15 16 17
18 19 20 21 22 23 24 25 26 27 28 29 30 31 日

現今這世上，
最美麗的就是犧牲者。

1 2 3 4 5 6 7 8 9 10 11 12 月
一 二 三 四 五 六 日

1 2 3 4 5 6 7 8 9 10 11 12 14 14 15 16 17
18 19 20 21 22 23 24 25 26 27 28 29 30 31 日

曰く、家庭の幸福は諸悪の本。

1 2 3 4 5 6 7 8 9 10 11 12 月
一 二 三 四 五 六 日

1 2 3 4 5 6 7 8 9 10 11 12 14 14 15 16 17
18 19 20 21 22 23 24 25 26 27 28 29 30 31 日

讓我說的話，家庭的幸福是諸惡的根本。

1 2 3 4 5 6 7 8 9 10 11 12 月
一 二 三 四 五 六 日

1 2 3 4 5 6 7 8 9 10 11 12 14 14 15 16 17
18 19 20 21 22 23 24 25 26 27 28 29 30 31 日

最後に問う。

弱さ、苦悩は罪なりや。

1 2 3 4 5 6 7 8 9 10 11 12 月　1 2 3 4 5 6 7 8 9 10 11 12 14 14 15 16 17
一 二 三 四 五 六 日　18 19 20 21 22 23 24 25 26 27 28 29 30 31 日

我最後問你，懦弱、苦惱是罪過嗎？

講師　太宰治

1 2 3 4 5 6 7 8 9 10 11 12 月
一 二 三 四 五 六 日

1 2 3 4 5 6 7 8 9 10 11 12 14 14 15 16 17
18 19 20 21 22 23 24 25 26 27 28 29 30 31 日

試みたとたんに、あなたの運命が
ちゃんときめられてしまうのだ。
人生には試みなんて、
存在しないんだ。
やってみるのは、やったのと同じだ。

當你試著去做某件事，
你的命運就已經決定了。
人生根本不存在什麼「嘗試」。
所謂的「試試看」，就等於「已經做了」。

講師 太宰治

1 2 3 4 5 6 7 8 9 10 11 12 月
一 二 三 四 五 六 日

1 2 3 4 5 6 7 8 9 10 11 12 14 14 15 16 17
18 19 20 21 22 23 24 25 26 27 28 29 30 31 日

真の思想は、叡智よりも
勇気を必要とするものです。

1 2 3 4 5 6 7 8 9 10 11 12 月
一 二 三 四 五 六 日

1 2 3 4 5 6 7 8 9 10 11 12 14 14 15 16 17
18 19 20 21 22 23 24 25 26 27 28 29 30 31 日

真正的思想，
比睿智更需要勇氣。

1 2 3 4 5 6 7 8 9 10 11 12 月
一 二 三 四 五 六 日

1 2 3 4 5 6 7 8 9 10 11 12 14 14 15 16 17
18 19 20 21 22 23 24 25 26 27 28 29 30 31 日

微笑もて正義を為せ！

1 2 3 4 5 6 7 8 9 10 11 12 月
一 二 三 四 五 六 日

1 2 3 4 5 6 7 8 9 10 11 12 14 14 15 16 17
18 19 20 21 22 23 24 25 26 27 28 29 30 31 日

帶著微笑，行正義之事吧！

講師　太宰治

1 2 3 4 5 6 7 8 9 10 11 12 月
一 二 三 四 五 六 日

1 2 3 4 5 6 7 8 9 10 11 12 14 14 15 16 17
18 19 20 21 22 23 24 25 26 27 28 29 30 31 日

女のからだにならない限り、
絶対に男類には理解できない
不思議な世界に女というものは
平然と住んでいるのだ。

1 2 3 4 5 6 7 8 9 10 11 12 月
一 二 三 四 五 六 日

1 2 3 4 5 6 7 8 9 10 11 12 14 14 15 16 17
18 19 20 21 22 23 24 25 26 27 28 29 30 31 日

不成為女兒身的話，
男人絕對無法理解，
女人是多麼心平氣和地活在不可思議的世界裡。

1 2 3 4 5 6 7 8 9 10 11 12 月
一 二 三 四 五 六 日

1 2 3 4 5 6 7 8 9 10 11 12 14 14 15 16 17
18 19 20 21 22 23 24 25 26 27 28 29 30 31 日

愛は、この世に存在する。
きっと、在る。
見つからぬのは、愛の表現である。
その作法である。

1 2 3 4 5 6 7 8 9 10 11 12 月 一 二 三 四 五 六 日　1 2 3 4 5 6 7 8 9 10 11 12 14 14 15 16 17 18 19 20 21 22 23 24 25 26 27 28 29 30 31 日

愛存在於這個世界。
我相信它一定存在。
之所以看不到，是因為那才是愛的表現。
是愛情應該遵守的禮儀。

1 2 3 4 5 6 7 8 9 10 11 12 月
一 二 三 四 五 六 日

1 2 3 4 5 6 7 8 9 10 11 12 14 14 15 16 17
18 19 20 21 22 23 24 25 26 27 28 29 30 31 日

親が無くても子は育つ、という。

私の場合、

親が有るから子は育たぬのだ。

1 2 3 4 5 6 7 8 9 10 11 12 月 一 二 三 四 五 六 日 　1 2 3 4 5 6 7 8 9 10 11 12 14 14 15 16 17 18 19 20 21 22 23 24 25 26 27 28 29 30 31 日

人們都說，就算沒有雙親，孩子也會自己長大。

但對我而言，

正是因為雙親，才讓孩子無法成長。

1 2 3 4 5 6 7 8 9 10 11 12 月
一 二 三 四 五 六 日

1 2 3 4 5 6 7 8 9 10 11 12 14 14 15 16 17
18 19 20 21 22 23 24 25 26 27 28 29 30 31 日

一ばんきらいなものは、
人を疑う事と、
それから、嘘をつく事だ。

1 2 3 4 5 6 7 8 9 10 11 12 月

一 二 三 四 五 六 日

1 2 3 4 5 6 7 8 9 10 11 12 14 14 15 16 17

18 19 20 21 22 23 24 25 26 27 28 29 30 31 日

我最討厭的事情，就是懷疑別人，再來是說謊。

1 2 3 4 5 6 7 8 9 10 11 12 月
一 二 三 四 五 六 日

1 2 3 4 5 6 7 8 9 10 11 12 14 14 15 16 17
18 19 20 21 22 23 24 25 26 27 28 29 30 31 日

ほんとうの女らしさというものは、
あたし、かえって、
男をかばう強さに在ると思うの。

1 2 3 4 5 6 7 8 9 10 11 12 月　1 2 3 4 5 6 7 8 9 10 11 12 14 14 15 16 17

一 二 三 四 五 六 日　18 19 20 21 22 23 24 25 26 27 28 29 30 31 日

我認為真正的女人味，
反而在於
女人想要守護男人的那份堅強。

1 2 3 4 5 6 7 8 9 10 11 12 月
一 二 三 四 五 六 日

1 2 3 4 5 6 7 8 9 10 11 12 14 14 15 16 17
18 19 20 21 22 23 24 25 26 27 28 29 30 31 日

女に惚れられて、死ぬというのは、
これは悲劇じゃない、喜劇だ。

1 2 3 4 5 6 7 8 9 10 11 12 月
一 二 三 四 五 六 日

1 2 3 4 5 6 7 8 9 10 11 12 14 14 15 16 17
18 19 20 21 22 23 24 25 26 27 28 29 30 31 日

因為被女人喜歡而死，
我認為不是悲劇，是喜劇。

人は、自分で幸福な時には、
他人の苦しみに
気が付かないものなのでしょう。

1 2 3 4 5 6 7 8 9 10 11 12 月
一 二 三 四 五 六 日

1 2 3 4 5 6 7 8 9 10 11 12 14 14 15 16 17
18 19 20 21 22 23 24 25 26 27 28 29 30 31 日

人類這種生物，在自己幸福的時候，就不會去注意到他人的痛苦。

1 2 3 4 5 6 7 8 9 10 11 12 月
一 二 三 四 五 六 日

1 2 3 4 5 6 7 8 9 10 11 12 14 14 15 16 17
18 19 20 21 22 23 24 25 26 27 28 29 30 31 日

自分の苦悩に狂いすぎて、
他の人もまた精一ぱいで
生きているのだという
当然の事実に気付なかった。

1 2 3 4 5 6 7 8 9 10 11 12 月
一 二 三 四 五 六 日

1 2 3 4 5 6 7 8 9 10 11 12 14 14 15 16 17
18 19 20 21 22 23 24 25 26 27 28 29 30 31 日

因為過於沉浸在自己的苦惱，
所以無法去注意到
別人也活得很辛苦，
即使這是理所當然的事實。

1 2 3 4 5 6 7 8 9 10 11 12 月
一 二 三 四 五 六 日

1 2 3 4 5 6 7 8 9 10 11 12 14 14 15 16 17
18 19 20 21 22 23 24 25 26 27 28 29 30 31 日

死と隣合せに生活している人には、生死の
問題よりも、
一輪の花の微笑が身に沁みる。

1 2 3 4 5 6 7 8 9 10 11 12 月
一 二 三 四 五 六 日

1 2 3 4 5 6 7 8 9 10 11 12 14 14 15 16 17
18 19 20 21 22 23 24 25 26 27 28 29 30 31 日

對經常與死亡為鄰的人而言，
比起生死的問題，
一朵花綻放的微笑更讓他感同身受。

1 2 3 4 5 6 7 8 9 10 11 12 月
一 二 三 四 五 六 日

1 2 3 4 5 6 7 8 9 10 11 12 14 14 15 16 17
18 19 20 21 22 23 24 25 26 27 28 29 30 31 日

ちょっと気取って、
ふところ手して歩いた。
ずいぶん自分が、いい男のように、
思われた。
ずいぶん歩いた。
財布を落とした。

1 2 3 4 5 6 7 8 9 10 11 12 月
一 二 三 四 五 六 日

1 2 3 4 5 6 7 8 9 10 11 12 14 14 15 16 17
18 19 20 21 22 23 24 25 26 27 28 29 30 31 日

我故意耍帥，
雙手抱胸走路。
忍不住覺得自己真是個迷人的男人。
我就這樣走了好長一段路。
後來才發現錢包掉了。

1 2 3 4 5 6 7 8 9 10 11 12 月
一 二 三 四 五 六 日

1 2 3 4 5 6 7 8 9 10 11 12 14 14 15 16 17
18 19 20 21 22 23 24 25 26 27 28 29 30 31 日

故郷なんてものは、
泣きぼくろみたいなものさ。
気にかけていたら、きりが無い。
手術したって痕が残る。

1 2 3 4 5 6 7 8 9 10 11 12 月
一 二 三 四 五 六 日

1 2 3 4 5 6 7 8 9 10 11 12 14 14 15 16 17
18 19 20 21 22 23 24 25 26 27 28 29 30 31 日

故鄉這種東西，
就跟眼角的淚痣一樣。
一旦在意就沒完沒了。
就算動手術除掉，也會留下疤痕。

1 2 3 4 5 6 7 8 9 10 11 12 月
一 二 三 四 五 六 日

1 2 3 4 5 6 7 8 9 10 11 12 14 14 15 16 17
18 19 20 21 22 23 24 25 26 27 28 29 30 31 日

明日もまた、同じ日が来るのだろう。
幸福は一生、来ないのだ。
それは、わかっている。
けれども、きっとくる、あすは来る、
と信じて寝るのがいいのでしょう。

明天應該還是一成不變的日子。
幸福可能一輩子都不會到來。
這點我很清楚。
但是，我還是應該相信它會到來、明天就會到來，
懷抱著希望入睡比較好吧。

1 2 3 4 5 6 7 8 9 10 11 12 月
一 二 三 四 五 六 日

1 2 3 4 5 6 7 8 9 10 11 12 14 14 15 16 17
18 19 20 21 22 23 24 25 26 27 28 29 30 31 日

幸福の足音が、廊下に聞えるのを、
今か今かと胸のつぶれる思いでまって、
からっぽ。
ああ、人間の生活って、
あんまりみじめ。

1 2 3 4 5 6 7 8 9 10 11 12 月
一 二 三 四 五 六 日

1 2 3 4 5 6 7 8 9 10 11 12 14 14 15 16 17
18 19 20 21 22 23 24 25 26 27 28 29 30 31 日

我懷抱著滿心期望，
焦急地等待幸福的腳步聲在走廊響起，終究還是落空。
啊啊，人類的生活，
實在是太悲慘了。

1 2 3 4 5 6 7 8 9 10 11 12 月
一 二 三 四 五 六 日

1 2 3 4 5 6 7 8 9 10 11 12 14 14 15 16 17
18 19 20 21 22 23 24 25 26 27 28 29 30 31 日

1 2 3 4 5 6 7 8 9 10 11 12 月
一 二 三 四 五 六 日

1 2 3 4 5 6 7 8 9 10 11 12 14 14 15 16 17
18 19 20 21 22 23 24 25 26 27 28 29 30 31 日

生而為人，我很抱歉。

1 2 3 4 5 6 7 8 9 10 11 12 月
一 二 三 四 五 六 日

1 2 3 4 5 6 7 8 9 10 11 12 14 14 15 16 17
18 19 20 21 22 23 24 25 26 27 28 29 30 31 日

諸君が、もし恋人と逢って、逢ったとたんに、恋人がげらげら笑い出したら、慶祝である。

必ず、恋人の非礼をとがめてはならぬ。

恋人は、君に逢って、君の完全のたのもしさを、全身に浴びているのだ。

1 2 3 4 5 6 7 8 9 10 11 12 月
一 二 三 四 五 六 日

1 2 3 4 5 6 7 8 9 10 11 12 14 14 15 16 17
18 19 20 21 22 23 24 25 26 27 28 29 30 31 日

諸位，當你們與戀人見面，
對方在看到你的那一瞬間咯咯笑出來的話，是件值得慶祝的好事。
千萬不要責備戀人的無禮。
對方之所以會這樣笑，是因為他／她當下心裡滿滿都是對你的信賴。

富士には、かなわないと思った。
念々と動く自分の愛憎が恥ずかしく、
富士は、やっぱり偉いと思った。
よくやってる、と思った。

我果然敵不過富士山。
想起自己時刻不斷在轉換的愛憎，我不禁覺得羞恥。
富士山果然很偉大！
真是太了不起了！

1 2 3 4 5 6 7 8 9 10 11 12 月
一 二 三 四 五 六 日

1 2 3 4 5 6 7 8 9 10 11 12 14 14 15 16 17
18 19 20 21 22 23 24 25 26 27 28 29 30 31 日

だまされる人よりも、だます人のほうが、
数十倍くるしいさ。

1 2 3 4 5 6 7 8 9 10 11 12 月
一 二 三 四 五 六 日

1 2 3 4 5 6 7 8 9 10 11 12 14 14 15 16 17
18 19 20 21 22 23 24 25 26 27 28 29 30 31 日

比起被欺騙的人，說謊的那個人，其實更痛苦數十倍。

1 2 3 4 5 6 7 8 9 10 11 12 月
一 二 三 四 五 六 日

1 2 3 4 5 6 7 8 9 10 11 12 14 14 15 16 17
18 19 20 21 22 23 24 25 26 27 28 29 30 31 日

私には、すべての肉親と離れてしまった事が一ばん、つらかった。

1 2 3 4 5 6 7 8 9 10 11 12 月
一 二 三 四 五 六 日

1 2 3 4 5 6 7 8 9 10 11 12 14 14 15 16 17
18 19 20 21 22 23 24 25 26 27 28 29 30 31 日

對我而言，跟所有血親分離，是最難過的一件事。

1 2 3 4 5 6 7 8 9 10 11 12 月
一 二 三 四 五 六 日

1 2 3 4 5 6 7 8 9 10 11 12 14 14 15 16 17
18 19 20 21 22 23 24 25 26 27 28 29 30 31 日

ごまかしては、いけないのだ。
好きな人には、一刻も早くいつわらぬ思いを飾らず打ちあけて置くがよい。
きたない打算は、やめるがよい。
率直な行動には、悔いが無い。
あとは天意におまかせするばかりなのだ。

1 2 3 4 5 6 7 8 9 10 11 12 月
一 二 三 四 五 六 日

1 2 3 4 5 6 7 8 9 10 11 12 14 14 15 16 17
18 19 20 21 22 23 24 25 26 27 28 29 30 31 日

不要掩飾你的感情。
一刻也不要拖延，盡早向喜歡的人表達你最真實的情感吧。
最好放棄那些骯髒的算計。
順從心意行動，你才不會後悔。
接下來的結果，就交給天意吧！

1 2 3 4 5 6 7 8 9 10 11 12 月
一 二 三 四 五 六 日

1 2 3 4 5 6 7 8 9 10 11 12 14 14 15 16 17
18 19 20 21 22 23 24 25 26 27 28 29 30 31 日

かれは、人を喜ばせるのが、何よりも好きであった！

1 2 3 4 5 6 7 8 9 10 11 12 月
一 二 三 四 五 六 日

1 2 3 4 5 6 7 8 9 10 11 12 14 14 15 16 17
18 19 20 21 22 23 24 25 26 27 28 29 30 31 日

那個人最喜歡做的事，就是讓別人開心。

ひとは、恥ずかしくて身の置きところの無くなった思いの時には、こんな無茶な怒りかたをするものである。

1 2 3 4 5 6 7 8 9 10 11 12 月
一 二 三 四 五 六 日

1 2 3 4 5 6 7 8 9 10 11 12 14 14 15 16 17
18 19 20 21 22 23 24 25 26 27 28 29 30 31 日

人只有在覺得極端羞恥、無地自容的時候，才會表現出如此不可理喻的憤怒。

1 2 3 4 5 6 7 8 9 10 11 12 月
一 二 三 四 五 六 日

1 2 3 4 5 6 7 8 9 10 11 12 14 14 15 16 17
18 19 20 21 22 23 24 25 26 27 28 29 30 31 日

汝を愛し、汝を憎む。

1 2 3 4 5 6 7 8 9 10 11 12 月
一 二 三 四 五 六 日

1 2 3 4 5 6 7 8 9 10 11 12 14 14 15 16 17
18 19 20 21 22 23 24 25 26 27 28 29 30 31 日

吾愛汝，亦憎汝。

1 2 3 4 5 6 7 8 9 10 11 12 月
一 二 三 四 五 六 日

1 2 3 4 5 6 7 8 9 10 11 12 14 14 15 16 17
18 19 20 21 22 23 24 25 26 27 28 29 30 31 日

思えば、おのれの肉親を語る事が至難な業であると同様に、故郷の核心を語る事も容易に出来る業ではない。

ほめていいのか、けなしていいのか、わからない。

現在想來，評論自身的血親是件難事，
同樣的，評論自己的故鄉也不是件簡單的事。
因為你不知道該褒還是該貶。

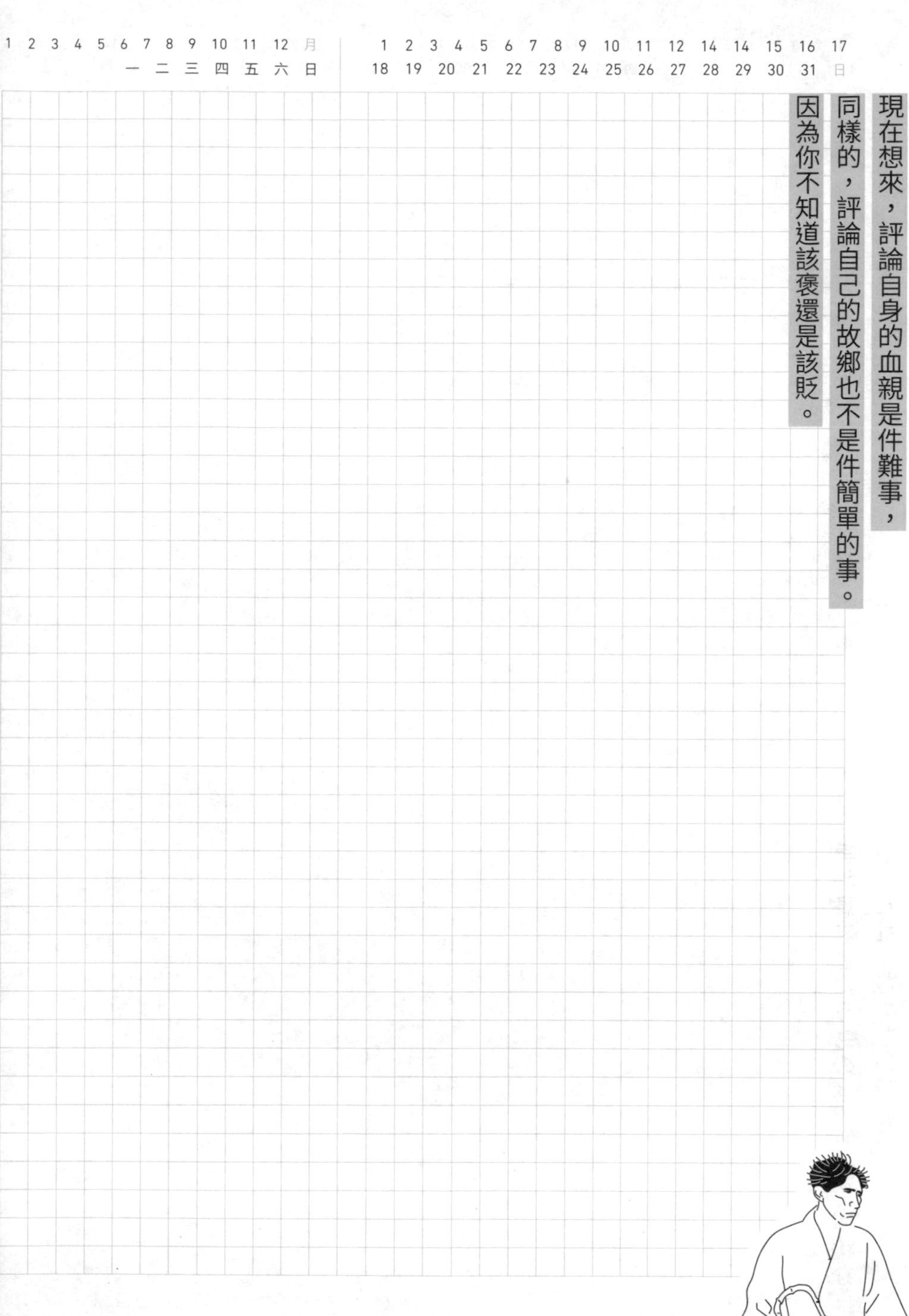

1 2 3 4 5 6 7 8 9 10 11 12 月
一 二 三 四 五 六 日

1 2 3 4 5 6 7 8 9 10 11 12 14 14 15 16 17
18 19 20 21 22 23 24 25 26 27 28 29 30 31 日

男の意志というものは、とかく滑稽な形であらわれがちのものである。

1 2 3 4 5 6 7 8 9 10 11 12 月
一 二 三 四 五 六 日

1 2 3 4 5 6 7 8 9 10 11 12 14 14 15 16 17
18 19 20 21 22 23 24 25 26 27 28 29 30 31 日

男人的意志，往往以最可笑的形式表現出來。

1 2 3 4 5 6 7 8 9 10 11 12 月
一 二 三 四 五 六 日

1 2 3 4 5 6 7 8 9 10 11 12 14 14 15 16 17
18 19 20 21 22 23 24 25 26 27 28 29 30 31 日

大人というものは侘しいものだ。
愛し合っていても、用心して、他人行儀を
守らなければならぬ。

1 2 3 4 5 6 7 8 9 10 11 12 月
一 二 三 四 五 六 日

1 2 3 4 5 6 7 8 9 10 11 12 14 14 15 16 17
18 19 20 21 22 23 24 25 26 27 28 29 30 31 日

大人是種寂寞的生物。

即使彼此相愛，還是得小心翼翼保持安全距離。

1 2 3 4 5 6 7 8 9 10 11 12 月
一 二 三 四 五 六 日

1 2 3 4 5 6 7 8 9 10 11 12 14 14 15 16 17
18 19 20 21 22 23 24 25 26 27 28 29 30 31 日

私には、常識な善事を行うに当って、甚だてれる悪癖がある。

1 2 3 4 5 6 7 8 9 10 11 12 月
一 二 三 四 五 六 日

1 2 3 4 5 6 7 8 9 10 11 12 14 14 15 16 17
18 19 20 21 22 23 24 25 26 27 28 29 30 31 日

我們的壞習慣就是，做理所當然的好事，卻覺得害羞。

1 2 3 4 5 6 7 8 9 10 11 12 月
一 二 三 四 五 六 日

1 2 3 4 5 6 7 8 9 10 11 12 14 14 15 16 17
18 19 20 21 22 23 24 25 26 27 28 29 30 31 日

つつしむべきは士族の商談、文士の政談。

1 2 3 4 5 6 7 8 9 10 11 12 月
一 二 三 四 五 六 日

1 2 3 4 5 6 7 8 9 10 11 12 14 14 15 16 17
18 19 20 21 22 23 24 25 26 27 28 29 30 31 日

最不該做的事：士族談商，文人論政。

肉親を書いて、こうしてその原稿を売らなければ生きて行けないという悪い宿業を背負っている男は、神様から、そのふるさとを取り上げられる。

把自己的血親當作談資，還寫成稿子營生，
對於背負著這種罪過的男人，
神明給的懲罰，就是讓他失去故鄉。

1 2 3 4 5 6 7 8 9 10 11 12 月
一 二 三 四 五 六 日

1 2 3 4 5 6 7 8 9 10 11 12 14 14 15 16 17
18 19 20 21 22 23 24 25 26 27 28 29 30 31 日

あなたに助けられたから、好きというわけでも無いし、
あなたが風流人だから、好きというのでもない。
ただ、ふっと好きなんだ。

1 2 3 4 5 6 7 8 9 10 11 12 月
一 二 三 四 五 六 日

1 2 3 4 5 6 7 8 9 10 11 12 14 14 15 16 17
18 19 20 21 22 23 24 25 26 27 28 29 30 31 日

我之所以喜歡你，不是因為你救了我。
也不是因為你是個風雅的人才愛上你。
我對你是一見鍾情。

1 2 3 4 5 6 7 8 9 10 11 12 月
一 二 三 四 五 六 日

1 2 3 4 5 6 7 8 9 10 11 12 14 14 15 16 17
18 19 20 21 22 23 24 25 26 27 28 29 30 31 日

お互い他人の批評を気にして、泣いたり怒
ったり、
ケチにこそこそ暮らしている陸上の人たち
が、たまらなく可憐で、
そうして、何だか美しいもののようにさえ
思われて来た。

1 2 3 4 5 6 7 8 9 10 11 12 月
一 二 三 四 五 六 日

1 2 3 4 5 6 7 8 9 10 11 12 13 14 15 16 17
18 19 20 21 22 23 24 25 26 27 28 29 30 31 日

在意他人的批評，為此又哭又笑，
你們陸地上的人活得謹小慎微的樣子，在我看來實在惹人憐愛，
而且，我甚至覺得這樣的你們很美。

1 2 3 4 5 6 7 8 9 10 11 12 月
一 二 三 四 五 六 日

1 2 3 4 5 6 7 8 9 10 11 12 14 14 15 16 17
18 19 20 21 22 23 24 25 26 27 28 29 30 31 日

人間は、しばしば希望にあざむかれるが、
しかし、また「絶望」という観念にも同様
にあざむかれる事がある。

1 2 3 4 5 6 7 8 9 10 11 12 月
一 二 三 四 五 六 日

1 2 3 4 5 6 7 8 9 10 11 12 14 14 15 16 17
18 19 20 21 22 23 24 25 26 27 28 29 30 31 日

人們經常會被希望欺騙，
不過，絕望這回事也是一樣的。

1 2 3 4 5 6 7 8 9 10 11 12 月
一 二 三 四 五 六 日

1 2 3 4 5 6 7 8 9 10 11 12 14 14 15 16 17
18 19 20 21 22 23 24 25 26 27 28 29 30 31 日

あこがれの桃源境も、いじらしいような決心も、みんなばかばかしい冬の花火だ。

1 2 3 4 5 6 7 8 9 10 11 12 月
一 二 三 四 五 六 日

1 2 3 4 5 6 7 8 9 10 11 12 14 14 15 16 17
18 19 20 21 22 23 24 25 26 27 28 29 30 31 日

你所憧憬的桃花源、破釜沉舟的決心，其實都像毫無意義的冬日花火。

1 2 3 4 5 6 7 8 9 10 11 12 月
一 二 三 四 五 六 日

1 2 3 4 5 6 7 8 9 10 11 12 14 14 15 16 17
18 19 20 21 22 23 24 25 26 27 28 29 30 31 日

片恋というものこそ常に恋の最高の姿である。

1 2 3 4 5 6 7 8 9 10 11 12 月　　1 2 3 4 5 6 7 8 9 10 11 12 14 14 15 16 17

一 二 三 四 五 六 日　　18 19 20 21 22 23 24 25 26 27 28 29 30 31 日

單戀，往往是戀愛最極致的形式。

1 2 3 4 5 6 7 8 9 10 11 12 月
一 二 三 四 五 六 日

1 2 3 4 5 6 7 8 9 10 11 12 14 14 15 16 17
18 19 20 21 22 23 24 25 26 27 28 29 30 31 日

好きなら、好きと、なぜ明朗に言えないのか。

1 2 3 4 5 6 7 8 9 10 11 12 月
一 二 三 四 五 六 日

1 2 3 4 5 6 7 8 9 10 11 12 14 14 15 16 17
18 19 20 21 22 23 24 25 26 27 28 29 30 31 日

喜歡一個人，為何就是無法明白告訴對方：「我喜歡你」呢？

1 2 3 4 5 6 7 8 9 10 11 12 月
一 二 三 四 五 六 日

1 2 3 4 5 6 7 8 9 10 11 12 14 14 15 16 17
18 19 20 21 22 23 24 25 26 27 28 29 30 31 日

女には、幸福も不幸も無いものです。
男には、不幸だけがあるんです。
いつも恐怖と、戦ってばかりいるのです。

對女人來說，沒有什麼幸福不幸福。
而對男人來說，他們有的只是不幸。
因為他們一直在跟恐懼奮戰。

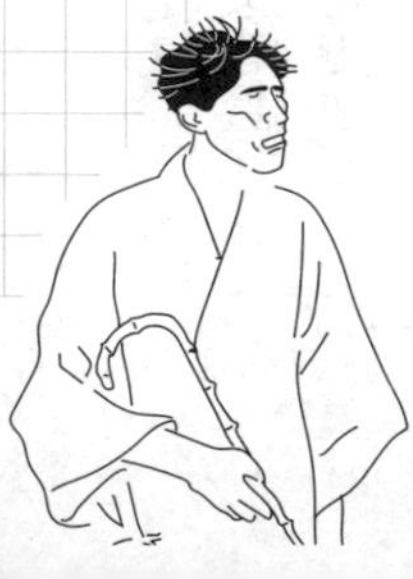

1 2 3 4 5 6 7 8 9 10 11 12 月
一 二 三 四 五 六 日

1 2 3 4 5 6 7 8 9 10 11 12 14 14 15 16 17
18 19 20 21 22 23 24 25 26 27 28 29 30 31 日

傑作も駄作もありやしません。
人がいいと言えば、よくなるし、
悪いと言えば、悪くなるんです。

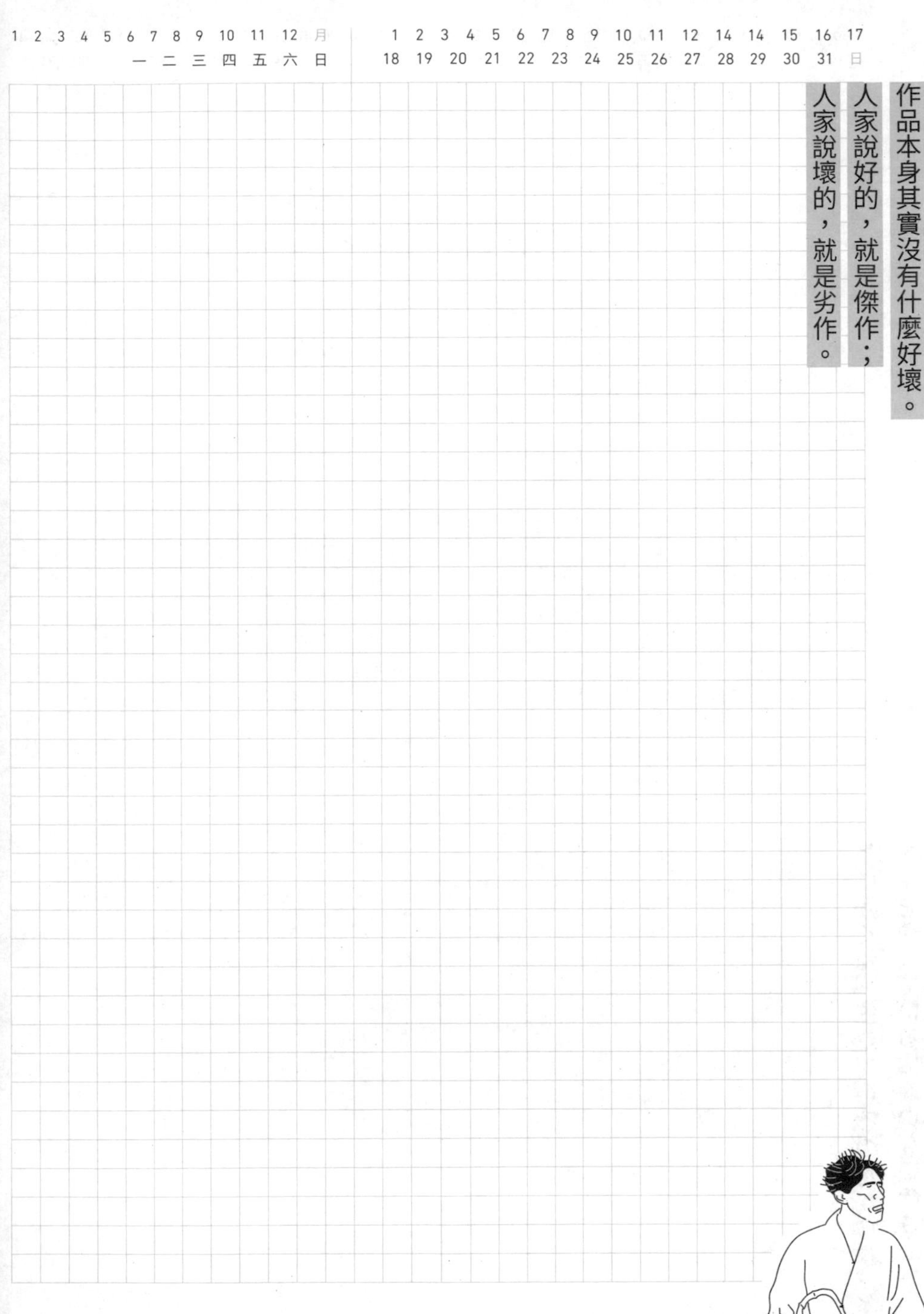

作品本身其實沒有什麼好壞。

人家說好的，就是傑作；

人家說壞的，就是劣作。

1 2 3 4 5 6 7 8 9 10 11 12 月
一 二 三 四 五 六 日

1 2 3 4 5 6 7 8 9 10 11 12 14 14 15 16 17
18 19 20 21 22 23 24 25 26 27 28 29 30 31 日

とにかくね、生きているのだからね、インチキをやっているに違いないのさ。

1 2 3 4 5 6 7 8 9 10 11 12 月
一 二 三 四 五 六 日

1 2 3 4 5 6 7 8 9 10 11 12 14 14 15 16 17
18 19 20 21 22 23 24 25 26 27 28 29 30 31 日

人只要活著，就一定會做壞事。

1 2 3 4 5 6 7 8 9 10 11 12 月
一 二 三 四 五 六 日

1 2 3 4 5 6 7 8 9 10 11 12 14 14 15 16 17
18 19 20 21 22 23 24 25 26 27 28 29 30 31 日

学問とは、虚栄の別名である。
人間が人間でなくなろうとする努力である。

1 2 3 4 5 6 7 8 9 10 11 12 月
一 二 三 四 五 六 日

1 2 3 4 5 6 7 8 9 10 11 12 14 14 15 16 17
18 19 20 21 22 23 24 25 26 27 28 29 30 31 日

所謂學問，就是虛榮的別稱。

這是人類為了讓自己不是人類所做的努力。

1 2 3 4 5 6 7 8 9 10 11 12 月
一 二 三 四 五 六 日

1 2 3 4 5 6 7 8 9 10 11 12 14 14 15 16 17
18 19 20 21 22 23 24 25 26 27 28 29 30 31 日

あなたは、恋をなさっては、いけません。
あなたは、恋をしたら、不幸になります。
恋をなさるなら、
もっと、大きくなってからになさい。
三十になってからになさい。

1 2 3 4 5 6 7 8 9 10 11 12 月
一 二 三 四 五 六 日

1 2 3 4 5 6 7 8 9 10 11 12 14 14 15 16 17
18 19 20 21 22 23 24 25 26 27 28 29 30 31 日

妳不可以戀愛。

愛上一個人，就會變得不幸。

如果要戀愛的話，等妳長大後再談。

等妳三十歲之後再談吧。

1 2 3 4 5 6 7 8 9 10 11 12 月
一 二 三 四 五 六 日

1 2 3 4 5 6 7 8 9 10 11 12 14 14 15 16 17
18 19 20 21 22 23 24 25 26 27 28 29 30 31 日

人間は、嘘をつく時には、必ずまじめな顔をしているものである。

1 2 3 4 5 6 7 8 9 10 11 12 月
一 二 三 四 五 六 日

1 2 3 4 5 6 7 8 9 10 11 12 14 14 15 16 17
18 19 20 21 22 23 24 25 26 27 28 29 30 31 日

人在說謊的時候，必定會一臉正經。

1 2 3 4 5 6 7 8 9 10 11 12 月
一 二 三 四 五 六 日

1 2 3 4 5 6 7 8 9 10 11 12 14 14 15 16 17
18 19 20 21 22 23 24 25 26 27 28 29 30 31 日

ただ、めしを食えたらそれで解決できる苦しみ、しかし、それこそ最も強い苦痛。

1 2 3 4 5 6 7 8 9 10 11 12 月
一 二 三 四 五 六 日

1 2 3 4 5 6 7 8 9 10 11 12 14 14 15 16 17
18 19 20 21 22 23 24 25 26 27 28 29 30 31 日

吃了飯就能解決的痛苦，才是最強的痛苦。

1 2 3 4 5 6 7 8 9 10 11 12 月
一 二 三 四 五 六 日

1 2 3 4 5 6 7 8 9 10 11 12 14 14 15 16 17
18 19 20 21 22 23 24 25 26 27 28 29 30 31 日

恥の多い生涯を送って来ました。
自分には、人間の生活というものが、見当
つかないのです。

1 2 3 4 5 6 7 8 9 10 11 12 月
一 二 三 四 五 六 日

1 2 3 4 5 6 7 8 9 10 11 12 14 14 15 16 17
18 19 20 21 22 23 24 25 26 27 28 29 30 31 日

我這一生，過得滿是羞恥。

我不知道什麼才是常人的生活。

1 2 3 4 5 6 7 8 9 10 11 12 月
一 二 三 四 五 六 日

1 2 3 4 5 6 7 8 9 10 11 12 14 14 15 16 17
18 19 20 21 22 23 24 25 26 27 28 29 30 31 日

恋愛は、チャンスではないと思う。
私はそれを、意志だと思う。

1 2 3 4 5 6 7 8 9 10 11 12 月
一 二 三 四 五 六 日

1 2 3 4 5 6 7 8 9 10 11 12 14 14 15 16 17
18 19 20 21 22 23 24 25 26 27 28 29 30 31 日

戀愛不是靠緣分，
我認為是靠意志。

1 2 3 4 5 6 7 8 9 10 11 12 月
一 二 三 四 五 六 日

1 2 3 4 5 6 7 8 9 10 11 12 14 14 15 16 17
18 19 20 21 22 23 24 25 26 27 28 29 30 31 日

私は確信したい。
人間は恋と革命のために生まれて来たのだ。

1 2 3 4 5 6 7 8 9 10 11 12 月
一 二 三 四 五 六 日

1 2 3 4 5 6 7 8 9 10 11 12 14 14 15 16 17
18 19 20 21 22 23 24 25 26 27 28 29 30 31 日

我堅信人類是為了戀愛和革命而出生的。

1 2 3 4 5 6 7 8 9 10 11 12 月
一 二 三 四 五 六 日

1 2 3 4 5 6 7 8 9 10 11 12 14 14 15 16 17
18 19 20 21 22 23 24 25 26 27 28 29 30 31 日

人間三百六十五日、何の心配も無い日が、一日、いや半日あったら、それは仕合せな人間です。

1 2 3 4 5 6 7 8 9 10 11 12 月
一 二 三 四 五 六 日

1 2 3 4 5 6 7 8 9 10 11 12 14 14 15 16 17
18 19 20 21 22 23 24 25 26 27 28 29 30 31 日

一年三百六十五天，
若有個一天，
不，只要半天能過得無憂無慮，就算幸福了。

1 2 3 4 5 6 7 8 9 10 11 12 月
一 二 三 四 五 六 日

1 2 3 4 5 6 7 8 9 10 11 12 14 14 15 16 17
18 19 20 21 22 23 24 25 26 27 28 29 30 31 日

他の生き物には絶対に無く、人間にだけあるもの。

それはね、ひめごと、というものよ。

1 2 3 4 5 6 7 8 9 10 11 12 月
一 二 三 四 五 六 日

1 2 3 4 5 6 7 8 9 10 11 12 14 14 15 16 17
18 19 20 21 22 23 24 25 26 27 28 29 30 31 日

只有人類擁有，而其他動物絕對沒有的東西

——那就是祕密。

1 2 3 4 5 6 7 8 9 10 11 12 月
一 二 三 四 五 六 日

1 2 3 4 5 6 7 8 9 10 11 12 14 14 15 16 17
18 19 20 21 22 23 24 25 26 27 28 29 30 31 日

神に問う。信頼は罪なりや。

無垢の信頼心は、罪なりや。

1 2 3 4 5 6 7 8 9 10 11 12 月
一 二 三 四 五 六 日

1 2 3 4 5 6 7 8 9 10 11 12 14 14 15 16 17
18 19 20 21 22 23 24 25 26 27 28 29 30 31 日

我要問眾神：信任是一種罪嗎？
天真無邪的信任，是一種罪嗎？

1 2 3 4 5 6 7 8 9 10 11 12 月
一 二 三 四 五 六 日

1 2 3 4 5 6 7 8 9 10 11 12 14 14 15 16 17
18 19 20 21 22 23 24 25 26 27 28 29 30 31 日

不良とは、優しさの事ではないかしら。

1 2 3 4 5 6 7 8 9 10 11 12 月
一 二 三 四 五 六 日

1 2 3 4 5 6 7 8 9 10 11 12 14 14 15 16 17
18 19 20 21 22 23 24 25 26 27 28 29 30 31 日

所謂的使壞，不正是溫柔體貼嗎？

1 2 3 4 5 6 7 8 9 10 11 12 月
一 二 三 四 五 六 日

1 2 3 4 5 6 7 8 9 10 11 12 14 14 15 16 17
18 19 20 21 22 23 24 25 26 27 28 29 30 31 日

弱虫は、幸福をさえおそれるものです。
綿で怪我をするんです。
幸福に傷つけられる事もあるんです。

1 2 3 4 5 6 7 8 9 10 11 12 月　1 2 3 4 5 6 7 8 9 10 11 12 14 14 15 16 17
一 二 三 四 五 六 日　18 19 20 21 22 23 24 25 26 27 28 29 30 31 日

膽小鬼連幸福都害怕。

連碰到棉花都會受傷。

就算是幸福，也會讓他遍體鱗傷。

1 2 3 4 5 6 7 8 9 10 11 12 月
一 二 三 四 五 六 日

1 2 3 4 5 6 7 8 9 10 11 12 14 14 15 16 17
18 19 20 21 22 23 24 25 26 27 28 29 30 31 日

おむすびが、どうしておいしいのだか、知ってますか。

あれはね、人間の指で握りしめて作るからですよ。

1 2 3 4 5 6 7 8 9 10 11 12 月

一 二 三 四 五 六 日

1 2 3 4 5 6 7 8 9 10 11 12 14 14 15 16 17

18 19 20 21 22 23 24 25 26 27 28 29 30 31 日

妳知道飯糰為什麼會那麼好吃嗎？

因為那是用人的手指捏出來的！

1 2 3 4 5 6 7 8 9 10 11 12 月
一 二 三 四 五 六 日

1 2 3 4 5 6 7 8 9 10 11 12 14 14 15 16 17
18 19 20 21 22 23 24 25 26 27 28 29 30 31 日

子供より親が大事、と思いたい。

何、子供よりも、その親のほうが弱いのだ。

1 2 3 4 5 6 7 8 9 10 11 12 月
一 二 三 四 五 六 日
1 2 3 4 5 6 7 8 9 10 11 12 14 14 15 16 17
18 19 20 21 22 23 24 25 26 27 28 29 30 31 日

我希望父母的優先順序，能排在孩子前面。
因為父母親其實更需要幫助。

地獄は信ぜられても、天国の存在は、どうしても信ぜられなかったのです。

1 2 3 4 5 6 7 8 9 10 11 12 月
一 二 三 四 五 六 日

1 2 3 4 5 6 7 8 9 10 11 12 14 14 15 16 17
18 19 20 21 22 23 24 25 26 27 28 29 30 31 日

縱使我相信世上有地獄，
也絕不相信天國的存在。

1 2 3 4 5 6 7 8 9 10 11 12 月
一 二 三 四 五 六 日

1 2 3 4 5 6 7 8 9 10 11 12 14 14 15 16 17
18 19 20 21 22 23 24 25 26 27 28 29 30 31 日

人間、失格。

もはや、自分は、完全に、人間で無くなりました。

1 2 3 4 5 6 7 8 9 10 11 12 月
一 二 三 四 五 六 日

1 2 3 4 5 6 7 8 9 10 11 12 14 14 15 16 17
18 19 20 21 22 23 24 25 26 27 28 29 30 31 日

我喪失了做人的資格。
我已經完全不算是一個人了。

1 2 3 4 5 6 7 8 9 10 11 12 月 　 1 2 3 4 5 6 7 8 9 10 11 12 14 14 15 16 17

一 二 三 四 五 六 日 　 18 19 20 21 22 23 24 25 26 27 28 29 30 31 日

こいしい人の子を生み、育てることが、私の道徳革命の完成なのでございます。

1 2 3 4 5 6 7 8 9 10 11 12 月
一 二 三 四 五 六 日

1 2 3 4 5 6 7 8 9 10 11 12 14 14 15 16 17
18 19 20 21 22 23 24 25 26 27 28 29 30 31 日

生下心愛男人的孩子、撫養成人，是我道德革命的實現。

1 2 3 4 5 6 7 8 9 10 11 12 月
一 二 三 四 五 六 日

1 2 3 4 5 6 7 8 9 10 11 12 14 14 15 16 17
18 19 20 21 22 23 24 25 26 27 28 29 30 31 日

生きるという事は、たいへんな事だ。
あちこちから鎖がからまっていて、
少しでも動くと、血が噴き出す。

1 2 3 4 5 6 7 8 9 10 11 12 月 一 二 三 四 五 六 日

1 2 3 4 5 6 7 8 9 10 11 12 14 14 15 16 17 18 19 20 21 22 23 24 25 26 27 28 29 30 31 日

人生在世，真不容易。

來自四面八方的鐵鍊，把渾身上下捆個嚴嚴實實的，

哪怕稍動一下，也會血流如注。

1 2 3 4 5 6 7 8 9 10 11 12 月
一 二 三 四 五 六 日

1 2 3 4 5 6 7 8 9 10 11 12 14 14 15 16 17
18 19 20 21 22 23 24 25 26 27 28 29 30 31 日

人間は、みな、同じものだ。
なんという卑屈な言葉であろう。
人をいやしめると同時に、
みずからをもいやしめ、
何のプライドもなく、あらゆる努力を放棄
せしめるような言葉。

1 2 3 4 5 6 7 8 9 10 11 12 月
一 二 三 四 五 六 日

1 2 3 4 5 6 7 8 9 10 11 12 14 14 15 16 17
18 19 20 21 22 23 24 25 26 27 28 29 30 31 日

人類都是一個樣。
多麼卑鄙扭曲的一句話啊！貶低別人同時也貶低了自己。
讓人毫無自尊、放棄一切努力的一句話。

1 2 3 4 5 6 7 8 9 10 11 12 月
一 二 三 四 五 六 日

1 2 3 4 5 6 7 8 9 10 11 12 14 14 15 16 17
18 19 20 21 22 23 24 25 26 27 28 29 30 31 日

自分は、人間を極度に恐れていながら、それでいて、人間を、どうしても思い切れなかったらしいのです。

1 2 3 4 5 6 7 8 9 10 11 12 月 / 1 2 3 4 5 6 7 8 9 10 11 12 14 14 15 16 17 日 / 一 二 三 四 五 六 日 / 18 19 20 21 22 23 24 25 26 27 28 29 30 31

儘管我極度害怕人類，卻無法對人類死心。

1 2 3 4 5 6 7 8 9 10 11 12 月
一 二 三 四 五 六 日

1 2 3 4 5 6 7 8 9 10 11 12 14 14 15 16 17
18 19 20 21 22 23 24 25 26 27 28 29 30 31 日

非合法。自分には、それが幽かに楽しかったのです。

むしろ、居心地がよかったのです。

世の中の合法というもののほうが、かえっておそろしい。

1 2 3 4 5 6 7 8 9 10 11 12 月
一 二 三 四 五 六 日

1 2 3 4 5 6 7 8 9 10 11 12 14 14 15 16 17
18 19 20 21 22 23 24 25 26 27 28 29 30 31 日

非法。這帶給我小小的樂趣，
甚至可以說感覺舒服又自在。
世上所謂合法的事物才可怕。

1 2 3 4 5 6 7 8 9 10 11 12 月
一 二 三 四 五 六 日

1 2 3 4 5 6 7 8 9 10 11 12 14 14 15 16 17
18 19 20 21 22 23 24 25 26 27 28 29 30 31 日

人非人でもいいじゃないの。

私たちは、生きていれさえすればいいのよ。

1 2 3 4 5 6 7 8 9 10 11 12 月
一 二 三 四 五 六 日

1 2 3 4 5 6 7 8 9 10 11 12 14 14 15 16 17
18 19 20 21 22 23 24 25 26 27 28 29 30 31 日

即使「人非人」又如何？只要我們活著就好了。

1 2 3 4 5 6 7 8 9 10 11 12 月
一 二 三 四 五 六 日

1 2 3 4 5 6 7 8 9 10 11 12 14 14 15 16 17
18 19 20 21 22 23 24 25 26 27 28 29 30 31 日

人に好かれる事は知っていても、
人を愛する能力においては欠けているところがあるようでした。

1 2 3 4 5 6 7 8 9 10 11 12 月
一 二 三 四 五 六 日

1 2 3 4 5 6 7 8 9 10 11 12 14 14 15 16 17
18 19 20 21 22 23 24 25 26 27 28 29 30 31 日

即使知道自己受人喜愛，
但我似乎缺乏愛人的能力。

1 2 3 4 5 6 7 8 9 10 11 12 月
一 二 三 四 五 六 日

1 2 3 4 5 6 7 8 9 10 11 12 14 14 15 16 17
18 19 20 21 22 23 24 25 26 27 28 29 30 31 日

幸福感というものは、悲哀の川の底に沈んで、幽かに光っている砂金のようなものではなかろうか。

1 2 3 4 5 6 7 8 9 10 11 12 月
一 二 三 四 五 六 日

1 2 3 4 5 6 7 8 9 10 11 12 14 14 15 16 17
18 19 20 21 22 23 24 25 26 27 28 29 30 31 日

所謂的幸福感，
就像沉在悲哀的河底微微發光的砂金。

1 2 3 4 5 6 7 8 9 10 11 12 月
一 二 三 四 五 六 日

1 2 3 4 5 6 7 8 9 10 11 12 14 14 15 16 17
18 19 20 21 22 23 24 25 26 27 28 29 30 31 日

好きなら、好きと、なぜ明朗に言えないのか。

1 2 3 4 5 6 7 8 9 10 11 12 月
一 二 三 四 五 六 日

1 2 3 4 5 6 7 8 9 10 11 12 14 14 15 16 17
18 19 20 21 22 23 24 25 26 27 28 29 30 31 日

喜歡一個人，為何就是無法明白告訴對方：「我喜歡你」呢？

1 2 3 4 5 6 7 8 9 10 11 12 月

一 二 三 四 五 六 日

1 2 3 4 5 6 7 8 9 10 11 12 14 14 15 16 17

18 19 20 21 22 23 24 25 26 27 28 29 30 31 日

大人とは、裏切られた青年の姿である。

1 2 3 4 5 6 7 8 9 10 11 12 月
一 二 三 四 五 六 日

1 2 3 4 5 6 7 8 9 10 11 12 14 14 15 16 17
18 19 20 21 22 23 24 25 26 27 28 29 30 31 日

所謂成人，就是曾被背叛過的青年。

1 2 3 4 5 6 7 8 9 10 11 12 月
一 二 三 四 五 六 日

1 2 3 4 5 6 7 8 9 10 11 12 14 14 15 16 17
18 19 20 21 22 23 24 25 26 27 28 29 30 31 日

薄情なのは、世間の涙もろい人たちの間に
かえって多いのであります。

1 2 3 4 5 6 7 8 9 10 11 12 月
一 二 三 四 五 六 日

1 2 3 4 5 6 7 8 9 10 11 12 14 14 15 16 17
18 19 20 21 22 23 24 25 26 27 28 29 30 31 日

淚腺發達的人，往往是這世上最薄情的人。

1 2 3 4 5 6 7 8 9 10 11 12 月 一 二 三 四 五 六 日

1 2 3 4 5 6 7 8 9 10 11 12 14 14 15 16 17 18 19 20 21 22 23 24 25 26 27 28 29 30 31 日

人なみの仕合せは、むずかしいらしいよ。

1 2 3 4 5 6 7 8 9 10 11 12 月
一 二 三 四 五 六 日

1 2 3 4 5 6 7 8 9 10 11 12 14 14 15 16 17
18 19 20 21 22 23 24 25 26 27 28 29 30 31 日

平凡的幸福，似乎是最難的一件事。

1 2 3 4 5 6 7 8 9 10 11 12 月
一 二 三 四 五 六 日

1 2 3 4 5 6 7 8 9 10 11 12 14 14 15 16 17
18 19 20 21 22 23 24 25 26 27 28 29 30 31 日

生活。

よい仕事をしたあとで
一杯のお茶をすする
お茶のあぶくに
きれいな私の顔が
いくつもいくつも
うつっているのさ

どうにか、なる。

1 2 3 4 5 6 7 8 9 10 11 12 月
一 二 三 四 五 六 日

1 2 3 4 5 6 7 8 9 10 11 12 14 14 15 16 17
18 19 20 21 22 23 24 25 26 27 28 29 30 31 日

生活。
工作圓滿結束後
舉杯，啜了口茶
細小的泡沫裡
映出了
好幾張好幾張
我清澈的臉孔
一切都會，沒事的。

死のうと思っていた。
ことしの正月、よそから着物を一反もらった。
お年玉としてである。着物の布地は麻であった。
鼠色のこまかい縞目が織りこめられていた。
これは夏に着る着物であろう。
夏まで生きていようと思った。

1 2 3 4 5 6 7 8 9 10 11 12 月
一 二 三 四 五 六 日

1 2 3 4 5 6 7 8 9 10 11 12 14 14 15 16 17
18 19 20 21 22 23 24 25 26 27 28 29 30 31 日

我本想就此了結生命。
今年正月的時候，從別人那收到一套和服，當作是壓歲錢。
和服的質地是麻布，穿插著鼠灰色的細條紋。
這應該是夏天穿的吧。
那就姑且活到夏天吧。

1 2 3 4 5 6 7 8 9 10 11 12 月
一 二 三 四 五 六 日

1 2 3 4 5 6 7 8 9 10 11 12 14 14 15 16 17
18 19 20 21 22 23 24 25 26 27 28 29 30 31 日

甲斐ない努力の美しさ。
われはその美に心をひかれた。

1 2 3 4 5 6 7 8 9 10 11 12 月
一 二 三 四 五 六 日

1 2 3 4 5 6 7 8 9 10 11 12 14 14 15 16 17
18 19 20 21 22 23 24 25 26 27 28 29 30 31 日

徒勞無功的努力，
那樣的美，令我心醉不已。

1 2 3 4 5 6 7 8 9 10 11 12 月
一 二 三 四 五 六 日

1 2 3 4 5 6 7 8 9 10 11 12 14 14 15 16 17
18 19 20 21 22 23 24 25 26 27 28 29 30 31 日

私は弱いのではなく、くるしみが、重すぎるのだ。

1 2 3 4 5 6 7 8 9 10 11 12 月
一 二 三 四 五 六 日

1 2 3 4 5 6 7 8 9 10 11 12 14 14 15 16 17
18 19 20 21 22 23 24 25 26 27 28 29 30 31 日

並非是我軟弱，而是痛苦，過於沉重。

1 2 3 4 5 6 7 8 9 10 11 12 月
一 二 三 四 五 六 日

1 2 3 4 5 6 7 8 9 10 11 12 14 14 15 16 17
18 19 20 21 22 23 24 25 26 27 28 29 30 31 日

笑われて、笑われて、つよくなる。

1 2 3 4 5 6 7 8 9 10 11 12 月
一 二 三 四 五 六 日

1 2 3 4 5 6 7 8 9 10 11 12 14 14 15 16 17
18 19 20 21 22 23 24 25 26 27 28 29 30 31 日

一次次被世人嘲笑，使我更加堅強。

1 2 3 4 5 6 7 8 9 10 11 12 月
一 二 三 四 五 六 日

1 2 3 4 5 6 7 8 9 10 11 12 14 14 15 16 17
18 19 20 21 22 23 24 25 26 27 28 29 30 31 日

僕は、心の弱さを隠さない人を信頼する。

1 2 3 4 5 6 7 8 9 10 11 12 月
一 二 三 四 五 六 日

1 2 3 4 5 6 7 8 9 10 11 12 14 14 15 16 17
18 19 20 21 22 23 24 25 26 27 28 29 30 31 日

我打從心底信賴那些不隱藏內心脆弱的人。

1 2 3 4 5 6 7 8 9 10 11 12 月
一 二 三 四 五 六 日

1 2 3 4 5 6 7 8 9 10 11 12 14 14 15 16 17
18 19 20 21 22 23 24 25 26 27 28 29 30 31 日

私は真理と愛情の乞食だ、白米の乞食ではない。

1 2 3 4 5 6 7 8 9 10 11 12 月
一 二 三 四 五 六 日

1 2 3 4 5 6 7 8 9 10 11 12 14 14 15 16 17
18 19 20 21 22 23 24 25 26 27 28 29 30 31 日

我所乞討的是真理與愛情，而不是白米。

1 2 3 4 5 6 7 8 9 10 11 12 月
一 二 三 四 五 六 日

1 2 3 4 5 6 7 8 9 10 11 12 14 14 15 16 17
18 19 20 21 22 23 24 25 26 27 28 29 30 31 日

惚れたが悪いか。

1 2 3 4 5 6 7 8 9 10 11 12 月
一 二 三 四 五 六 日

1 2 3 4 5 6 7 8 9 10 11 12 14 14 15 16 17
18 19 20 21 22 23 24 25 26 27 28 29 30 31 日

喜歡上一個人，難道是種錯嗎？

選ばれてあることの恍惚と不安と、
二つわれにあり。

1 2 3 4 5 6 7 8 9 10 11 12 月
一 二 三 四 五 六 日

1 2 3 4 5 6 7 8 9 10 11 12 14 14 15 16 17
18 19 20 21 22 23 24 25 26 27 28 29 30 31 日

身為神選之子的恍惚與不安，兩者在我身上共存。

1 2 3 4 5 6 7 8 9 10 11 12 月
一 二 三 四 五 六 日

1 2 3 4 5 6 7 8 9 10 11 12 14 14 15 16 17
18 19 20 21 22 23 24 25 26 27 28 29 30 31 日

生みの母ほど、子の性質を、
いいえ、子の弱点を、
知っているものはありません。
それは、そのまま母の弱点でもあるからです。

1 2 3 4 5 6 7 8 9 10 11 12 月
一 二 三 四 五 六 日

1 2 3 4 5 6 7 8 9 10 11 12 14 14 15 16 17
18 19 20 21 22 23 24 25 26 27 28 29 30 31 日

越是親生母親，
越是不懂孩子的個性，不，應該說是弱點。
因為，那通常也是母親自身的弱點。

1 2 3 4 5 6 7 8 9 10 11 12 月
一 二 三 四 五 六 日

1 2 3 4 5 6 7 8 9 10 11 12 14 14 15 16 17
18 19 20 21 22 23 24 25 26 27 28 29 30 31 日

愛は言葉だ。
言葉が無くなれや、
同時にこの世の中に、
愛情も無くなるんだ。
愛が言葉以外に、
実体として何かあると思っていたら、
大間違いだ。

1 2 3 4 5 6 7 8 9 10 11 12 月
一 二 三 四 五 六 日
1 2 3 4 5 6 7 8 9 10 11 12 14 14 15 16 17
18 19 20 21 22 23 24 25 26 27 28 29 30 31 日

愛就是語言。

如果這世上沒有語言，
等於愛情也消失了。

如果你認為除了語言之外，還有什麼可以表現愛的實體，
那就是大錯特錯。

ああ、僕は愛情に飢えている。
素朴な愛の言葉が欲しい。

1 2 3 4 5 6 7 8 9 10 11 12 月
一 二 三 四 五 六 日

1 2 3 4 5 6 7 8 9 10 11 12 14 14 15 16 17
18 19 20 21 22 23 24 25 26 27 28 29 30 31 日

啊啊，我是如此渴望愛情。

我想要純粹的愛的語言。

1 2 3 4 5 6 7 8 9 10 11 12 月
一 二 三 四 五 六 日

1 2 3 4 5 6 7 8 9 10 11 12 14 14 15 16 17
18 19 20 21 22 23 24 25 26 27 28 29 30 31 日

なぜ、「恋」がわるくて、「愛」がいいのか、
私にはわからない。

1 2 3 4 5 6 7 8 9 10 11 12 月
一 二 三 四 五 六 日

1 2 3 4 5 6 7 8 9 10 11 12 14 14 15 16 17
18 19 20 21 22 23 24 25 26 27 28 29 30 31 日

為什麼「戀上一個人」是壞事，「愛上一個人」就是好事，
我實在不懂。

喜んだり怒ったり悲しんだり憎んだり、
いろいろな感情があるけれども、
けれどもそれは人間の生活のほんの
一パーセントを占めているだけの感情で、
あとの九十九パーセントは、
ただ待って暮らしているのではないでしょうか。

1 2 3 4 5 6 7 8 9 10 11 12 月
一 二 三 四 五 六 日

1 2 3 4 5 6 7 8 9 10 11 12 14 14 15 16 17
18 19 20 21 22 23 24 25 26 27 28 29 30 31 日

喜怒哀憎，
我們雖然有各種各樣的感情，
但是這些感情只佔了人們生活的百分之一，
其餘的百分之九十九，
我們都只是在等待中過日子。

1 2 3 4 5 6 7 8 9 10 11 12 月
一 二 三 四 五 六 日

1 2 3 4 5 6 7 8 9 10 11 12 14 14 15 16 17
18 19 20 21 22 23 24 25 26 27 28 29 30 31 日

生きている事。
ああ、それは、何というやりきれない
息もたえだえの大事業であろうか。

1 2 3 4 5 6 7 8 9 10 11 12 月　1 2 3 4 5 6 7 8 9 10 11 12 14 14 15 16 17
一 二 三 四 五 六 日　18 19 20 21 22 23 24 25 26 27 28 29 30 31 日

活著，

啊啊，那是多麼令人痛苦到喘不過氣的大事啊。

1 2 3 4 5 6 7 8 9 10 11 12 月
一 二 三 四 五 六 日

1 2 3 4 5 6 7 8 9 10 11 12 14 14 15 16 17
18 19 20 21 22 23 24 25 26 27 28 29 30 31 日

死ぬひとは、きまって、
おとなしく、綺麗で、やさしいものだわ。

1 2 3 4 5 6 7 8 9 10 11 12 月 1 2 3 4 5 6 7 8 9 10 11 12 14 14 15 16 17
一 二 三 四 五 六 日 18 19 20 21 22 23 24 25 26 27 28 29 30 31 日

死人，
每一個都是平靜、美麗、溫柔的。

1 2 3 4 5 6 7 8 9 10 11 12 月
一 二 三 四 五 六 日

1 2 3 4 5 6 7 8 9 10 11 12 14 14 15 16 17
18 19 20 21 22 23 24 25 26 27 28 29 30 31 日

自分は隣人と、ほとんど会話が出来ません。
何を、どう言ったらいいのか、わからないのです。
そこで考え出したのは、道化でした。
それは、自分の、人間に対する最後の求愛でした。

1 2 3 4 5 6 7 8 9 10 11 12 月　1 2 3 4 5 6 7 8 9 10 11 12 14 14 15 16 17
一 二 三 四 五 六 日　18 19 20 21 22 23 24 25 26 27 28 29 30 31 日

我幾乎無法跟鄰人說話，
我不知道該說什麼才好。
這時我想出來的解決方法，就是搞笑。
這是我對人類最後的求愛。

1 2 3 4 5 6 7 8 9 10 11 12 月 1 2 3 4 5 6 7 8 9 10 11 12 14 14 15 16 17
一 二 三 四 五 六 日 18 19 20 21 22 23 24 25 26 27 28 29 30 31 日

自分は、これまでの生涯において、
人に殺されたいと願望した事は幾度となく
ありましたが、
人を殺したいと思った事は、いちどもあり
ませんでした。
それは、おそるべき相手に、
かえって幸福を与えるだけの事だと考えて
いたからです。

1 2 3 4 5 6 7 8 9 10 11 12 月 1 2 3 4 5 6 7 8 9 10 11 12 14 14 15 16 17
一 二 三 四 五 六 日 18 19 20 21 22 23 24 25 26 27 28 29 30 31 日

我在目前為止的生涯中，
曾有好幾次希望能被人殺掉，
卻不曾動過殺人的念頭。
因為我認為，對於懼怕的人，
只能給予他們幸福。

1 2 3 4 5 6 7 8 9 10 11 12 月
一 二 三 四 五 六 日

1 2 3 4 5 6 7 8 9 10 11 12 14 14 15 16 17
18 19 20 21 22 23 24 25 26 27 28 29 30 31 日

あまりに人間を恐怖している人たちは、
かえって、もっともっと、おそろしい妖怪を
確実にこの眼で見たいと願望する。

1 2 3 4 5 6 7 8 9 10 11 12 月
一 二 三 四 五 六 日

1 2 3 4 5 6 7 8 9 10 11 12 14 14 15 16 17
18 19 20 21 22 23 24 25 26 27 28 29 30 31 日

越是害怕人類的人，
反而更希望能夠親眼看到可怕的妖怪。

1 2 3 4 5 6 7 8 9 10 11 12 月
一 二 三 四 五 六 日

1 2 3 4 5 6 7 8 9 10 11 12 14 14 15 16 17
18 19 20 21 22 23 24 25 26 27 28 29 30 31 日

世間とは、いったい、何の事でしょう。
人間の複数でしょうか。
どこに、その世間というものの実体がある
のでしょう。

1 2 3 4 5 6 7 8 9 10 11 12 月
一 二 三 四 五 六 日

1 2 3 4 5 6 7 8 9 10 11 12 14 14 15 16 17
18 19 20 21 22 23 24 25 26 27 28 29 30 31 日

所謂「世人」到底是什麼？

是「人」這個詞彙的複數嗎？

在哪裡才能看到「世人」的實際樣貌呢？

1 2 3 4 5 6 7 8 9 10 11 12 月　1 2 3 4 5 6 7 8 9 10 11 12 14 14 15 16 17
一 二 三 四 五 六 日　18 19 20 21 22 23 24 25 26 27 28 29 30 31 日

私の最も憎悪したものは、
偽善であった。

1 2 3 4 5 6 7 8 9 10 11 12 月
一 二 三 四 五 六 日

1 2 3 4 5 6 7 8 9 10 11 12 14 14 15 16 17
18 19 20 21 22 23 24 25 26 27 28 29 30 31 日

我最憎惡的事情，就是偽善。

1 2 3 4 5 6 7 8 9 10 11 12 月
一 二 三 四 五 六 日

1 2 3 4 5 6 7 8 9 10 11 12 14 14 15 16 17
18 19 20 21 22 23 24 25 26 27 28 29 30 31 日

この家系で、人からうしろ指を差されるような愚行を演じたのは私ひとりであった。

1 2 3 4 5 6 7 8 9 10 11 12 月
一 二 三 四 五 六 日

1 2 3 4 5 6 7 8 9 10 11 12 14 14 15 16 17
18 19 20 21 22 23 24 25 26 27 28 29 30 31 日

在這個家裡，
會做出讓人從背後指指點點的傻事的人，
就只有我一個。

1 2 3 4 5 6 7 8 9 10 11 12 月
一 二 三 四 五 六 日

1 2 3 4 5 6 7 8 9 10 11 12 14 14 15 16 17
18 19 20 21 22 23 24 25 26 27 28 29 30 31 日

おろかな男は、
やすむのにさえ、へまをする。

1 2 3 4 5 6 7 8 9 10 11 12 月
一 二 三 四 五 六 日

1 2 3 4 5 6 7 8 9 10 11 12 14 14 15 16 17
18 19 20 21 22 23 24 25 26 27 28 29 30 31 日

愚蠢的男人，
就連休息的時候，也會犯錯。

1 2 3 4 5 6 7 8 9 10 11 12 月
一 二 三 四 五 六 日

1 2 3 4 5 6 7 8 9 10 11 12 14 14 15 16 17
18 19 20 21 22 23 24 25 26 27 28 29 30 31 日

愛は、最高の奉仕だ。

みじんも、

自分の満足を思っては、いけない。

1 2 3 4 5 6 7 8 9 10 11 12 月
一 二 三 四 五 六 日

1 2 3 4 5 6 7 8 9 10 11 12 14 14 15 16 17
18 19 20 21 22 23 24 25 26 27 28 29 30 31 日

愛是最極致的奉獻。

千萬不能有任何自我滿足的想法。

1 2 3 4 5 6 7 8 9 10 11 12 月
一 二 三 四 五 六 日

1 2 3 4 5 6 7 8 9 10 11 12 14 14 15 16 17
18 19 20 21 22 23 24 25 26 27 28 29 30 31 日

ああ、私は、甘えることと殴ること、
二つの生きかたしか知らぬ男だ。

1 2 3 4 5 6 7 8 9 10 11 12 月
一 二 三 四 五 六 日

1 2 3 4 5 6 7 8 9 10 11 12 14 14 15 16 17
18 19 20 21 22 23 24 25 26 27 28 29 30 31 日

啊啊，我是個只知道撒嬌跟揍人，

這兩種生存方式的人。

1 2 3 4 5 6 7 8 9 10 11 12 月
一 二 三 四 五 六 日

1 2 3 4 5 6 7 8 9 10 11 12 14 14 15 16 17
18 19 20 21 22 23 24 25 26 27 28 29 30 31 日

アカルサハ、
ホロビノ姿デアラウカ。
人モ家モ、
暗イウチハマダ滅亡セヌ。

1 2 3 4 5 6 7 8 9 10 11 12 月
一 二 三 四 五 六 日

1 2 3 4 5 6 7 8 9 10 11 12 14 14 15 16 17
18 19 20 21 22 23 24 25 26 27 28 29 30 31 日

開朗，是走向毀滅的姿態。
無論是人還是房子，
在陰沉昏暗的時候，還不會滅亡。

1 2 3 4 5 6 7 8 9 10 11 12 月
一 二 三 四 五 六 日

1 2 3 4 5 6 7 8 9 10 11 12 14 14 15 16 17
18 19 20 21 22 23 24 25 26 27 28 29 30 31 日

恋愛とは何か。
曰く、「それは非常に恥ずかしいものである」と。

1 2 3 4 5 6 7 8 9 10 11 12 月
一 二 三 四 五 六 日

1 2 3 4 5 6 7 8 9 10 11 12 14 14 15 16 17
18 19 20 21 22 23 24 25 26 27 28 29 30 31 日

戀愛是什麼？

讓我來說的話，「那是件很害羞的事。」

1 2 3 4 5 6 7 8 9 10 11 12 月
一 二 三 四 五 六 日

1 2 3 4 5 6 7 8 9 10 11 12 14 14 15 16 17
18 19 20 21 22 23 24 25 26 27 28 29 30 31 日

人間の生活の苦しみは、
愛の表現の困難に尽きるといってよいと思
う。
この表現のつたなさが、人間の不幸の源泉
なのではあるまいか。

1 2 3 4 5 6 7 8 9 10 11 12 月
一 二 三 四 五 六 日
1 2 3 4 5 6 7 8 9 10 11 12 14 14 15 16 17
18 19 20 21 22 23 24 25 26 27 28 29 30 31 日

人類生活的痛苦中，
最痛苦的就是無法表現愛情。
不善表達愛情，不就是人類不幸的源頭嗎？

1 2 3 4 5 6 7 8 9 10 11 12 月
一 二 三 四 五 六 日

1 2 3 4 5 6 7 8 9 10 11 12 14 14 15 16 17
18 19 20 21 22 23 24 25 26 27 28 29 30 31 日

おれは、この女を愛している。
どうしていいか、わからないほど愛している。
そいつが、
おれの苦悩のはじまりなんだ。

1 2 3 4 5 6 7 8 9 10 11 12 月
一 二 三 四 五 六 日

1 2 3 4 5 6 7 8 9 10 11 12 14 14 15 16 17
18 19 20 21 22 23 24 25 26 27 28 29 30 31 日

啊啊，我愛這個女人。
愛到不知該如何是好。
那個人，就是我苦惱的開端。

1 2 3 4 5 6 7 8 9 10 11 12 月
一 二 三 四 五 六 日

1 2 3 4 5 6 7 8 9 10 11 12 14 14 15 16 17
18 19 20 21 22 23 24 25 26 27 28 29 30 31 日

いまの世の中で、
一ばん美しいのは犠牲者です。

1 2 3 4 5 6 7 8 9 10 11 12 月
一 二 三 四 五 六 日

1 2 3 4 5 6 7 8 9 10 11 12 14 14 15 16 17
18 19 20 21 22 23 24 25 26 27 28 29 30 31 日

現今這世上，
最美麗的就是犧牲者。

1 2 3 4 5 6 7 8 9 10 11 12 月
一 二 三 四 五 六 日

1 2 3 4 5 6 7 8 9 10 11 12 14 14 15 16 17
18 19 20 21 22 23 24 25 26 27 28 29 30 31 日

曰く、家庭の幸福は諸悪の本。

1 2 3 4 5 6 7 8 9 10 11 12 月
一 二 三 四 五 六 日

1 2 3 4 5 6 7 8 9 10 11 12 14 14 15 16 17
18 19 20 21 22 23 24 25 26 27 28 29 30 31 日

讓我說的話，家庭的幸福是諸惡的根本。

1 2 3 4 5 6 7 8 9 10 11 12 月
一 二 三 四 五 六 日

1 2 3 4 5 6 7 8 9 10 11 12 14 14 15 16 17
18 19 20 21 22 23 24 25 26 27 28 29 30 31 日

最後に問う。

弱さ、苦悩は罪なりや。

1 2 3 4 5 6 7 8 9 10 11 12 月

一 二 三 四 五 六 日

1 2 3 4 5 6 7 8 9 10 11 12 14 14 15 16 17

18 19 20 21 22 23 24 25 26 27 28 29 30 31 日

我最後問你，

懦弱、苦惱是罪過嗎？

1 2 3 4 5 6 7 8 9 10 11 12 月
一 二 三 四 五 六 日

1 2 3 4 5 6 7 8 9 10 11 12 14 14 15 16 17
18 19 20 21 22 23 24 25 26 27 28 29 30 31 日

試みたとたんに、あなたの運命が
ちゃんときめられてしまうのだ。
人生には試みなんて、
存在しないんだ。
やってみるのは、やったのと同じだ。

1 2 3 4 5 6 7 8 9 10 11 12 月
一 二 三 四 五 六 日

1 2 3 4 5 6 7 8 9 10 11 12 14 14 15 16 17
18 19 20 21 22 23 24 25 26 27 28 29 30 31 日

當你試著去做某件事，
你的命運就已經決定了。
人生根本不存在什麼「嘗試」。
所謂的「試試看」，就等於「已經做了」。

1 2 3 4 5 6 7 8 9 10 11 12 月
一 二 三 四 五 六 日

1 2 3 4 5 6 7 8 9 10 11 12 14 14 15 16 17
18 19 20 21 22 23 24 25 26 27 28 29 30 31 日

真の思想は、叡智よりも
勇気を必要とするものです。

1 2 3 4 5 6 7 8 9 10 11 12 月
一 二 三 四 五 六 日

1 2 3 4 5 6 7 8 9 10 11 12 14 14 15 16 17
18 19 20 21 22 23 24 25 26 27 28 29 30 31 日

真正的思想，
比睿智更需要勇氣。

1 2 3 4 5 6 7 8 9 10 11 12 月 | 1 2 3 4 5 6 7 8 9 10 11 12 14 14 15 16 17

一 二 三 四 五 六 日 | 18 19 20 21 22 23 24 25 26 27 28 29 30 31 日

微笑もて正義を為せ！

1 2 3 4 5 6 7 8 9 10 11 12 月
一 二 三 四 五 六 日

1 2 3 4 5 6 7 8 9 10 11 12 14 14 15 16 17
18 19 20 21 22 23 24 25 26 27 28 29 30 31 日

帶著微笑，行正義之事吧！

1 2 3 4 5 6 7 8 9 10 11 12 月
一 二 三 四 五 六 日

1 2 3 4 5 6 7 8 9 10 11 12 14 14 15 16 17
18 19 20 21 22 23 24 25 26 27 28 29 30 31 日

bon matin 124

人間失格又怎樣？ Human Lost 手帳日記
Human Lost 365 Days Notebook

作　　者　太宰治
譯　　者　石原淑子
社　　長　張瑩瑩
總 編 輯　蔡麗真
編　　輯　蔡欣育
統　　籌　津島育
行銷企畫　林麗紅
設計插畫　竹田リュウ

出　　版　野人文化股份有限公司
發　　行　遠足文化事業股份有限公司
地址：231 新北市新店區民權路 108-2 號 9 樓
電話：(02) 2218-1417　傳真：(02) 8667-1065
電子信箱：service@bookrep.com.tw
網址：www.bookrep.com.tw
郵撥帳號：19504465 遠足文化事業股份有限公司
客服專線：0800-221-029

讀書共和國出版集團
社長：郭重興
發行人兼出版總監：曾大福
業務平臺總經理：李雪麗
業務平臺副總經理：李復民
實體通路協理：林詩富
網路暨海外通路協理：張鑫峰
特販通路協理：陳綺瑩
印務：黃禮賢、李孟儒

法律顧問　華洋法律事務所蘇文生律師
印　　製　成陽印刷股份有限公司
初　　版　2019 年 12 月

歡迎團體訂購，另有優惠價，請洽業務部（02）2218-1417 分機 1124、1135

國家圖書館出版品預行編目 (CIP) 資料

人間失格又怎樣 ?Human Lost 手帳日記
太宰治著；石原淑子翻譯．初版．新北市
野人文化出版：遠足文化發行，2019.12
416 面；14.8×21 公分
ISBN 978-986-384-391-7（平裝）

861.67　　108017154